U0137526

你好，

1987-2022

旧时光

岁月的童话

3

八月长安

著

湖南文艺出版社
HUNAN LITERATURE AND ART PUBLISHING HOUSE

博集天卷
CS-BOOKY

文学的作用，很重要的一点是引起人心灵的共鸣。

这不是一本哗众取宠的读物，文字很朴素，记录了一代人的成长。成长故事是很有价值的，时代的印记一定会留在成长中的年轻人的生命里，留在生活的细节中。

记录下个体生命的履痕，从某种意义上说，比记录重大事件更有价值。

——赵长天

CONTENTS

目　录

温淼番外
听见涛声

·温淼的人生从来没有什么必须和绝不，就像大海，从没想过积蓄力量去把全世界的海岸都摧毁。来来去去的朋友，像河流入海，像水汽蒸发，他们从没带走什么，也从未改变什么。

"我们北方的海和你们热带不一样，你们那根本就不算海。"

声音很小，夹在海浪拍击礁石的呼啸中，听不分明。就是这种模模糊糊，反而让温淼有些恍惚。

——滚去热带吧。那边的海也配叫海？

这样熟悉的语气。涛声像来自遥远过去的背景音乐，将昔日岁月的主题曲一遍遍重复给他听。

温淼侧脸看了看一屁股坐到自己旁边礁石上的司机，回应道："您……是跟我说话？"

小伙子咧咧嘴，可能是没想到温淼竟然中文讲得如此利索，更加觉得这句脱口而出的牢骚有点儿冒失，干脆不再言语。

司机小伙子在炎炎烈日之下陪着这样一群吵闹的大学生转了一天。本地人已经腻味这条海岸线，来自热带的访客们也同样觉得大海并不怎么稀罕，更是对当地的沙滩与街道环境颇多微词。主办方的观光安排充满了形式主义，然而无论导游还是温淼他们这群学生都不得不满腹牢骚地将这场戏演完。

司机小伙子晒得黝黑，表情烦闷而懊恼。学生们和他差不多大，却个个带着一种外来客的优越感，温淼早就感觉到了他的不爽。

"其实我在这里读过一年书。我……我也喜欢这里的海。"体谅到他的尴尬，温淼善意地补充了一句。

"你不是在新加坡长大的？"这次轮到对方愣住了。

"听口音也不是啊，"温淼爽朗一笑，"我是北方人，不过读大学的时候就去了新加坡。高二的时候……"

忽然一个大浪袭来，涛声轰隆。

温淼又愣了愣，才重复了一遍："高二的时候，我转校到这里，读过一年书。"

高二的时候，所有人都喜欢转校生温淼，除了海葵。

K市临海，城市不大，也算不上繁华，却有一种潮湿的风情在。殖民时代留下的砖红色老房子，烈日下斑驳的树影，大嗓门的少年不知疲惫地在建筑群之间的上下坡来回奔跑，海风给大街小巷刷上一层湿蒙蒙的色彩，像是画家将刚刚完成的油画不小心泡进了水里。

时隔多年，温淼仍然记得踏下火车的那一刻，站台上，这个城市的大海还未现身，气息却已扑面而来。

这是个很好的城市。

只是温淼不想来。

高一的暑假，温淼因为父母工作单位的临时调动而转来K市读书。不过因为户口和未来高考分数线差异等等的原因，温淼的学籍始终保留在家乡城市的师大附中。其实父母只是短暂外派，他本不需要被折腾过来，如果不是因为妈妈担心她一走没人管得住温淼了——温淼不禁怀疑在他妈妈眼中，自己活了十六年，是不是还没成功地从猴子进化成人。

当然，温淼一点儿都不想要离开家。早就约好的初中同学聚会因为他的行程而夭折，家乡有那么多要好的同学，都来不及道别。

那么多要好的同学，比如……

"到了别的地方也要好好学习。"

余周周的短信看得温淼额角青筋直跳。

"滚，你怎么越来越像我妈。"

"不敢当，可别这么套近乎。"

曾经自己座位前方伸出手就能抓住的马尾辫，现在拉长胳膊也触不到。感情依旧好，依旧插科打诨互相贬损，但是总觉得差了些什么。

对感情来说，万事比不得"在身边"三个字。

温淼不知道自己会在这个城市待多久，也许一年，也许一个月。

这种状况让他有些无所适从。

一天有一天的交往方式，一年有一年的做人规矩。温淼从来都很讨厌白费力气。如果真的只是个短暂的过客，似乎也就不必费力气装乖和交友了。

这样一想，他更难对新生活产生什么热情。

K 市虽然靠海，盛夏闷热起来却毫不逊色于南方，似乎海风也畏惧被曝晒得滚烫的礁石，怯怯地交出了水汽，却收回了凉意，将整座城市闷成了一座蒸笼。

少年没精打采地走下站台，用紧缩的眉头和额头新长出来的痘痘对抗陌生城市的热烈问候。

父母刚报到，就要去周边山区的镇上调研，一段时间之内都没工夫管他。爸爸希望温淼趁着开学前自己去逛一逛，熟悉一下周围的环境；妈妈则如临大敌，一个劲表示温淼转去的 K 市四中教学质量远不如师大附中，还是应该花点儿时间温书，省得转学回去之后被落下太远。外面日头太晒，还是别让他出门乱跑。

温淼又开始怀疑自己在妈妈心里是不是一条一旦不拴牢绳子就会脱缰的野狗。

所以他故意脱缰了半个月，开学前天天跑去海水浴场发呆暴晒，专门盯着海边踏浪尖叫的年轻姑娘看。

"周周，有空来 K 市玩吧，海边好多姑娘穿比基尼呢。"

"身材好吗？"

"……不怎么样……可是是比基尼！"

"你只想看比基尼，怎么不去商场卖泳装的地方看个够，都一样。"

温淼想要回复"穿在肉上怎么会一样"，又觉得猥琐，只得作罢。

去新班级报到的时候，温淼已经从一只脱缰的萨摩耶晒成了脱缰的藏獒。

唯一不变的，就是懒洋洋往讲台前面一戳的时候，眉头还是皱着的。

"大家好，我叫温淼，温暖的温，淼就是三个水摞在一起。"

"那你和我们这里很有缘啊，我们靠海，你看名字里那么多水。"

对于班主任的调侃，温淼摸着后脑勺哈哈干笑两声敷衍了过去。班主任也没有再多问什么，对于学籍都不在这里的借读生，她明显也懒得多管，安排在早自习介绍一下已经很够意思了。

于是就把他安排在了倒数第二排靠窗的空位上。

温淼顺着班主任指的方向看过去，不小心看进一双格外明亮的眼睛里，眼神锐利得有点儿过分。

忽然有人关窗子，玻璃反射的阳光很刺眼，温淼连忙躲避，再抬头的时候，已经找不到那道凌厉的目光。

温淼的同桌陈雷是个眉目英挺的男生，长相很正气，而且是班长。温淼不禁有些心虚，自己这样一个跑龙套的过客，竟然坐在了这种兵家必争之地。而温淼刚一落座，陈雷就主动做了自我介绍，借温淼抄了课程表，并顺便介绍了一下每一门课的授课进度。

"有什么事情就尽管问我。"

陈雷说完，朝他笑笑，就低头温书了。热情和关照都恰到好处，非常有分寸。温淼一下子对新同桌有了不少亲切感。

他喜欢有分寸的人。

两人结束了短暂的寒暄，温淼也假装翻书，翻了两页就开始发呆，目光停在前桌女生的后背上。

她是自己一个人坐一桌，不知道同桌去了哪里。浅蓝色窗帘被风吹起来，落下的时候把温淼和女生都罩在了里面，与陈雷那一边彻底隔绝开。

那一瞬间，温淼忽然觉得她的背影不知道哪里有些像余周周。初中快乐的时光好像就在这魔法的一瞬间降临，温淼的心跳无缘无故加速。

然后陈雷很好心地站起身，帮温淼将窗帘塞在了暖气水管后面。

"这样就不会到处乱飘了。"

温淼尴尬地道谢。

这时前桌的女生忽然坐直了身子。温淼本来就盯着女生的后背愣神，立时警觉起来，而陈雷不知道为什么也发觉了女生的动作，抬起了头。

"你是借读生？"

前桌女生头还没转过来，没头没脑的问题已经抛了过来。她头发很长，在阳光下泛着浅棕色，梳着高高的马尾。转头的动作太过凌厉，发尾像一道利剑划过来，几乎扫到温淼的脸。温淼条件反射地向后一仰，刚好避过，只留下一脸呆滞的表情。

女生的下巴很尖，此刻正斜眼看着他，带着一身不知道哪儿来的戾气。她长得眉清目秀，但并不很出色。均匀细腻的浅黑色皮肤倒是特别地亮眼。

一点儿也不像余周周。

温淼没来由地有些失落，盯着对方的脸，想都没想就开口："你是不是有夏威夷血统？"

女生怔住了，眼神中的戾气因为惊诧而淡了许多，倒是周围其他几个人渐渐反应过来，开始吃吃地笑。

陈雷诧异地看了温淼一眼。

许久之后温淼回味这一刻，才咂摸出一丝其他的味道。

温淼一直人缘很好，但是在那个临时的班级里他人缘特别好，这句话居功至伟。

因为这句话，大家喜欢他。因为这句话，她讨厌他。

因为她讨厌他，所以大家格外喜欢他。

女生咬了咬嘴唇，似乎想不到什么反击的话，深深地盯了温淼一眼就转回头去了。

温淼有些尴尬，把松懈的神经重新紧了紧，对着她的后背回答："哦哦，对，我是借读生。你们这里高考分数线太高了，我要是把学籍挪动过来，岂不死定了。"

再怎么补救也没用了，周围人都沉浸在"夏威夷血统"之中窃窃私语，前排女生埋头写字，肩胛微微耸动，不再回头。

这是温淼到 K 市四中读书的第一天，第一堂课，刚刚做了一个自我介绍，连前桌的名字都没来得及问，就已经得罪了她。

他有些脸红，但又觉得好像没什么大不了。

反正又不会在这个学校待很久。

……可是低头不见抬头见啊。

温淼叹口气，内心不再挣扎，还是决定道个歉，就伸手用圆珠笔的尾端戳了戳前排女生的后背。女生一抖，温淼原本就紧张，手一松，弹簧就把笔朝着他自己的方向弹了回来，正中鼻梁。

温淼吓了一跳，大家哄笑，他也不好意思地揉了揉满脑袋乱发，期望这样的场景能够冲淡刚刚的尴尬——然而前面的姑娘，却像是《旧约》中逃离罪恶之城的圣人，无论如何也不肯回头看一眼。

这时温淼的后桌用胳膊肘推了推他，朝前排努努嘴。

"别费工夫了。海葵就那个德行。"

声音不大。温淼微微皱眉，觉得海葵或许会听到。

不过她竟然叫海葵？

"那她为什么……"温淼有点儿问不下去，他实在说不出为什么之后应该用什么词语来形容。为什么连个自我介绍都没有就问没头没脑的问题？为什么用那种眼神看人？为什么……

他停顿在那里，后桌男生反倒非常能理解他无法表达出来的那种意思。

他拍拍温淼，毫不在乎地一笑。

"海葵就那样。"

这次的音量，海葵肯定能听到。

温淼眼角瞄到陈雷早已不动声色地低头去看书了，对于海葵和温淼的尴尬，他就像根本没有看到一样。

K 市高考是大综合，并不进行文理分科，温淼原本以为自己高二选学理科就可以摆脱历史和政治的麻烦，到了这里却发现还要照学不误，自然非常郁闷。所幸大综合科目较多，因此每一门课的难度都稍有降低，四中在 K 市也属于中等水平的高中，教学进度抓得不紧，他的日子也并没有变得太难过。

温淼刚到学校的第二天就赶上月考。卷子批改得很快，过了两天就全科出分，温淼排名全班第四。

第一名是陈雷，第二名是海葵。

陈雷是班长，海葵是学习委员。

陈雷是数学、化学和地理课代表，海葵是英语、语文和生物课代表。

陈雷是校学生会主席，海葵是校学生会副主席。

陈雷是广播站的站长，海葵是副站长。

温淼用了不到一个星期的时间就大概摸清了周围的情况，发现自己所在的位置被四中的两个大人物给包抄了。

陈雷对人文质彬彬，优秀但不张扬，亲切却有距离，少年老成的样子让他得到老师和同学的普遍称赞，但是海葵的情况却并不乐观。

在温淼看来，海葵学习时候那股拼命劲，真的有些像辛美香——但是和辛美香偷偷摸摸独自努力所不同的是，海葵对所有不努力的人，抱有一种毫无理由的鄙视，并且她非常乐意将这种鄙视清晰地表现在脸上。

当班里有人接到月考卷子的时候故意大声抱怨自己考前忙着看球没好好复习，海葵会瞟一眼那人的分数，用不大不小的音量说："是嘛，一场球从年初看到年尾呢，其实复习了也没用吧。"

温淼忽然庆幸他没有提起过自己那个引以为豪的"第六名"理论。海葵一定会冷笑着说："不努力就考第六，是害怕努力了却考成第十六吧？真聪明怎么不证明给大家看呢？"

余周周可以揶揄她。但是温淼不接受海葵的指摘。

虽然她说的总是实话。

被父母老师念叨已经够烦的了，没有人喜欢一个用恨铁不成钢的眼神看自己的同学。

月考的每一科的卷子都是海葵来发，发给温淼的时候，他往往都保持着手拄在下巴上的发呆状态，如梦初醒般地说声"谢谢"———抬头，就看到她的眼睛。在均匀细腻的浅黑色皮肤映衬下，眼白能够格外清楚地传达敌意。

温淼的物理成绩是全班第一。所以海葵发卷子的时候差点儿把眼睛瞪出来。

下午的物理课，物理老师欣喜地叫单科状元温淼到讲台前做题，温淼刚写到一半，粉笔头忽然断了，他的手指头直接戳在了黑板上，痛得哇哇叫。

班里响起善意的哄笑声。才相处了几天，大部分同学都和他粗浅地打过交道，大家都很喜欢这个心不在焉的大个子，所以看到他出糗的时候毫不掩饰幸灾乐祸的心情。

被起哄是许多人求之不得的关注。

温淼说声天气真好都能得到捧场的笑声。

而海葵就是声情并茂地讲一百个笑话，恐怕也没有人敢笑。

温淼的指甲裂了一块，他甩着手指头可怜巴巴地看着老师，物理老师笑着示意他回座位。

"基本的思路已经能看得出来了，这样吧，海葵，你来把后半部分写完整。"

窗帘又飘起来，笼罩在海葵身上，盖住了她的脸。那一瞬间像极了曾经坐在前桌的余周周。

窗帘再次滑落，又不像了。

海葵站起身，那女战士一样的锐利目光，又让温淼哭笑不得起来。

她站到讲台前，仰头看了看黑板上温淼幼儿园水平的字迹，然后拿起黑板擦，大刀阔斧地将温淼的解题步骤擦了个干净。

温淼还没走回到倒数第二排自己的座位，就听见很多人倒抽一口凉气的声音。正对面的陈雷看看黑板，又看看温淼，流露出怪异的眼神。

"这个解法太啰唆了。明明有更简单的。"

海葵干脆的声音从温淼背后响起。

温淼愣了大概几秒钟，知道全班同学都在等自己的反应，可他也只是坐了下来，无比自然地打了个哈欠。

然后开始低头研究自己开裂的右手食指指甲。

"海葵……海葵就那样。"

旁边的陈雷用几不可闻的声音嘟囔了一句。

海葵就那样。就哪样？

温淼无辜地皱眉看向陈雷。任何人听来都像是安慰温淼埋怨海葵的一句话，在陈雷的语气中，倒像是在为海葵开脱。

潜台词就是，你不可以怪她，因为她本来就是这个样子。

温淼没言语，懒得计较。

下午第一节课，初夏的午后。物理老师有些口齿不清，讲课水平乏善可陈，温淼的班级在半地下室，窗子硬生生把炽烈的正午阳光割成两半。所有人都在这暧昧的光线和闷热的空气中昏昏欲睡，没精打采地弯着腰，像被烤熟的大虾；只有海葵自始至终挺直后背，用炯炯的目光盯着物理老师，好像他授课的内容中有天机泄露。

估计物理老师都被她盯得发毛了吧？

温淼被自己的想法逗笑了，忽然觉得她有点儿意思。那是一种夹杂在种种缺点之中的有意思。如果不惹到他，他倒是可以远距离观察观察她，就当是个乐子。

可惜她惹到他了。

就在这时候海葵忽然又转头。又是那种盯得人发毛的眼神。

温淼没有较劲地回瞪，但懒洋洋的眼神毫不闪避，完全没有示弱或息事宁人的打算。海葵看着看着，眼睛却垂下去。

她转回去。这场没头没脑的较量就这样结束了。

温淼买了一辆二手山地车。K市给他留下的最好的印象，就是西边的这条海岸线。在家乡那个乌烟瘴气的工业城市里，糟糕的市政规划和混乱的交通让舒舒服服地骑单车变成一种奢望。然而在这里，每天放学之后，趁着太阳还没落山，温淼可以在靛蓝的天空之下，沿着漫长的海岸线一路骑车回家。

一面夕阳，一面阴影。

戴上耳机，伴着歌声，少年双手脱把，像是下一秒钟就要长出翅膀，飞到沧海的另一边。

涨潮，游人散去，小贩回家，不知名的海鸟盘桓在头顶，不知道在寻找什么，没有过去也没有未来。

少年一路追着海鸟，大脑放空，回家。

四中的课程不会把知识点挖掘很深，习题难度也一般，相比师大附中的确是差了好几个等级，久而久之，温淼不免松懈下来。

又是物理课，温淼一只耳朵塞着耳机，用拄着下巴的那只手略微遮挡一下，就开始在课堂上发呆，连下课了都不知道。

直到一张一英寸照片的大头晃动在眼前，他才惊醒。

海葵伸长了胳膊将温淼的一张一寸照挂在他眼前。温淼盯着自己早上上交给小组长的照片，不解地问："怎么了？"

这个晃照片却不讲话的动作实在有些亲昵，相熟的人做来很正常，然而海葵的表情，仍然像是憋着一股气，让温淼实在不能不严阵以待。

"你这算近照？"

"初三照的，也就一年多以前，怎么不算是近照？"

"我没法用。照片是给你做临时档案用的，你交这种照片，不合格。"

您有病吗？温淼有些不耐烦了。自从上次"简便算法"事件之后，很多人都等着看这个横空出世的转校生教训海葵，但是却什么都没等到。

温淼不喜欢惹麻烦，虽然他也不喜欢海葵，但是更不喜欢被当枪使。

他叹口气，还是笑嘻嘻地解释："男大十八变嘛。我只有这张照片了，这是最近最近的近照了。不信你问问别人，肯定都觉得和现在的我差别不大，怎么不能用了？"

温淼停顿了一下，侧头看了一眼置身事外的陈雷，用胳膊肘推了推他。

"喏，陈雷，你跟她熟，你跟她讲道理。"

温淼以为陈雷不会理他，没想到对方竟真的站起身，想要从海葵手中拿过照片端详，却被海葵躲过了。

陈雷的脸上难得出现了一种可以称之为尴尬和意外的表情。

"哼，"海葵收回手，低头看了看照片，又抬头看了看温淼，极为夸张地大声说，"你初三的时候人家没有告诉你不能戴着面具照相吗？"

半个班级的人都回头看他们。

温淼慢慢站起来，忽然一个探身劈手夺回照片。

"你这笑话够无聊的，不就是想戗我说我初三满脸是痘看不出长什么样子吗？是，我说你夏威夷血统是我不对，但我只是想要夸你肤色特别，长得挺好看的，你至于吗？憋了一个多礼拜就想出这么一招来回击？是不是自己闷头排练了一上午啊？"

海葵的手还保持着捏着照片的姿势，半张着嘴，倔强的表情里塞满慌张。温淼原本眉头拧成了麻花，看到她这副样子，也有点儿心软。

温淼的后桌却扑哧笑出声。然后胆大的同学们纷纷笑起来，温淼不知道他们笑什么，因为自己好像也没说什么特别有趣的话，然而他们就是笑个没完，尤其是女生，细细碎碎的笑声像玻璃珠叮叮当当滚了满地。

陈雷忽然用不大的声音说："她只是想和你开个玩笑。"

这句话淹没在周围的吵闹中，温淼甚至怀疑自己听错了，因为陈雷说完之后就坐下了，脸上一丝波澜也没有，翻开一本《五星题库》就开始做起来。

温淼不知道海葵是否听到了这句话，她又是否认同。他忽然有种预感，即使海葵的确是开了个不成功的玩笑，她也一定不会承认这一点的。

相比承认自己连个玩笑都开不好，还不如被误会为敌意。

温淼不明白自己怎么会了解海葵。

海葵咬着嘴唇硬碰硬地站在那里，温淼也觉得自己有点儿过分了，想了想，将照片递过去。

"还是给你吧，我说真的，除非你要我现在去照一张，否则就没有别的可以用了，你凑合一下行吗？"

海葵竟然接了过来，什么都没说就坐下了。

过了一会儿，后桌男生递过来一包鱿鱼丝，说是特产，犒劳温淼，他们几个一起请他吃。

温淼尴尬地接过来，也没问他们究竟犒劳他什么。

到底还是做了宰一刀就跑的过客。

第二节课是政治，温淼睡了小半节才抬起头，迷迷糊糊地看着满黑板的字，用胳膊肘轻轻推了推陈雷。

"讲到哪儿了？"

陈雷僵了一会儿，才将书挪过去一点儿，指了一段话给温淼。

"这里。"

温淼以为是自己的错觉——刚刚陈雷好像原本并不想搭理他。

政治老师这时候走到教室门口和外面的什么人讲了几句话，班里开始有嗡嗡的说话声，温淼觉得有点儿饿，就趁着这个时间从书桌里将鱿鱼丝掏出来，撕开包装纸。

第一口下去，就感觉到嘴里"嘎嘣"一声。

温淼的虎牙被硌掉了一半。

满教室都是他的惨叫。

温淼捂着嘴巴，将吐在桌上的小石子儿扔到后桌，回过头恶狠狠地盯着给他鱿鱼丝的俩男生。

你们他妈的这是卸磨杀驴吧！

政治老师这时候冲进教室，不明所以地看着捂着嘴支支吾吾咿咿呀呀的温淼。

"咬舌头了？"政治老师问。

"他牙硌碎了。"

海葵清凌凌的声音响起，班里的人开始哄笑，关切地问他情况，温淼一概摇头。

好像牙龈出血了，温淼感觉到自己嘴里一股血腥味，他不敢开口说话，怕那效果太恐怖。

"赶紧去医院看看啊，别去咱校医院，咱校医院只有酒精棉。那个，你是转校的吧，知道医院在哪儿吗？要不陈雷，你陪他去一趟？"

陈雷抬头看着老师："嗯……好啊，不过，刚刚吴主任让我下课一定要去他办公室一趟，所以……好吧，我先把温淼送去吧。"

温淼心里明白陈雷的潜台词是什么，他不知道陈雷对自己哪儿来的这股别扭，也不想知道。

要是他能说话就好了，也不用像个傻子一样一边捂着嘴一边摆手。

温淼咽了一口口水，腥气让他反胃。他瞥了一眼陈雷，陈雷坦然地回望他。

"那我陪他去吧。"

温淼惊讶地看向海葵。

海葵说话的时候根本没看他，举着手，对着政治老师，一本正经，轻描淡写。

"行，路上小心点儿，就带他去附近的医大一院（医科大学第一医院）吧，挂牙科看看，好像挺严重。"政治老师一挥手就放了他们出去。

温淼拎起书包站起身，陈雷也起身让他出去。

"我……"

温淼没听清陈雷"我……"了半天到底想说什么。他只是很想还他一句，大老爷们儿讲话大声点儿会死吗？

"你骑车吗？"

温淼一愣。海葵问完之后竟然有一点点脸红。

"我就是问问，我知道你每天骑车回家。……医大一院并不很近。"

"那你骑车吗？"温淼含糊地问，但是口齿实在不清，海葵一脸呆滞地看着他。

"你等着。"温淼冲到男厕所的洗漱池，对着水龙头开始卖力漱口，海葵竟也跟着跑到门口，有些不好意思地探出头看他。

"你有没有点儿卫生常识，生水里面有细菌，你这样会感染的。"

"管它呢。"温淼对着镜子龇牙———一口小白牙，倒是没有血迹了，但是左侧虎牙缺了一半，吸气呼气的时候，凉飕飕的风贴着断口飘过，疼得他脸抽筋。

他从镜子里看到海葵站在左后方的门口，一脸担心的表情，明确传达着"你很蠢"的中心思想。

温淼心疼不知道被他吐到哪里去的半颗虎牙，但是也觉得没多大事。

"要不算了吧，我下午请假回家吃点儿止疼片吧，别耽误你上课了，你回去吧。"

因为不想让创口接触到流动的空气，所以几句简单的话，温淼说得很慢。

也很温柔。

海葵沉默着摇头，没说什么，却很执拗。那双黑白分明的眼睛的光芒，被镜子悉数反射进温淼的眼中。

他们一起对着镜子站了几秒钟，温淼无奈地回头笑笑："好吧，那我骑车去医院，你骑车吗？"

海葵凌厉的眼神软化了很多。她又摇摇头。

"那怎么办啊，要不我不骑了，咱们坐公交或者打车去？"

海葵竟然还是摇头。

"你到底要怎样啊！走路远，你又不坐车，我怎么……我……我骑车带你？"

他的山地车的确是安了后座的。

海葵点头。

温淼怔住了。她喜欢坐自行车？

这算怎么回事啊？他竟没跳脚，甚至一瞬间觉得她没那么讨厌。

至少主动出来陪他去医院，虽然他不需要，但是总归还是挺讲义气的吧。

当然或许，只是为了出来坐自行车。

坐自行车。

医大一院在温淼家和学校之间，沿着阳光海岸线骑一段，然后转上坡，在树影斑驳之下沿着海葵指的羊肠小道拐进满是砖红色洋房的老城区。

一开始温淼觉得奇怪，海葵坐在车后座上，轻得像不存在——而且她的手都没抓着自己后腰部的衣服。他理解为女生害羞，所以骑得比较慢，担心把她直接摔下去。

"你没力气了吗？"

海葵直愣愣的一句话甩过来，温淼气得七窍生烟，二话不说就加速。正赶上一长段下坡，他猛蹬了几下，急速冲下去，瞬间有种飞机要坠毁的错觉。

就在这时候，温淼感觉到腰上一暖。

海葵的胳膊轻轻地环上了他的腰，不轻不重。少年惊异地扬扬眉毛，张口想说点儿什么，风灌进嘴巴，疼得他整张脸都皱起来了。

他们就这样沉默着，本该指路的海葵也不说话，到路口应该左转了，她就拉一拉他的左臂，该右转了，就拉拉右臂。

温淼记得医大一院就在附近，可是拐了几个弯之后就被海葵搞糊涂了，那一段路不知怎么就变得有些长。

大夫给温淼装上了临时牙冠，并嘱咐他这几天有充裕时间的时候再过来一次，最好还是做烤瓷牙。

"小伙子，厉害嘛，我第一次听说有人吃鱿鱼丝能硌碎牙，而且硌碎的还是虎牙。"

温淼垂着肩膀走出医院，海葵从走廊的椅子上站起来，用询问的目光看向他。

"没事了，过两天我自己再来一次，这个牙……"嘴里多了个不属于自己身体的东西，温淼觉得别扭，一边说话一边用舌尖去不停地舔那个临时假牙冠，"这个牙真是不舒服。对了，你能不能帮我撒个谎，我可以骑车把你送回学校，不过今天下午的课我就翘了，不想回去了。你就说我牙痛得不行，很严重很严重，行吗？"

海葵想了想，郑重而严肃地摇头。

温淼瞬间反应过来，对方是海葵，海葵怎么会帮人撒谎翘课呢？他觉得自己硌碎的恐怕不是虎牙，而是智商。

"我也不想回去上课了。"

温淼从自己的埋怨中被唤醒，目瞪口呆地看着认真地说出这句话的海葵。

她好像用了很大力气来讲这句话。

温淼这才注意到，海葵竟然也是直接背着书包出来的。

"我觉得我们的海特别好。"

温淼和海葵并肩坐在礁石上，默默无语了好长时间，温淼没想到先破冰的竟然是海葵。

"哪儿好？"

"硬。"

"……啥？"

海葵不欲解释，或者是解释不清。温淼自己皱着眉毛参悟了半天。

整条海岸线几乎都是礁石，即使是有沙滩的海水浴场似乎也都是后天人造的，沙子是灰黑色的，粗糙得很。

绝对算不上上乘的嬉戏场所。

但是的确够硬的。

"嗯，"温淼咧嘴笑了，"像你。"

海葵惊异地看向他，温淼也侧过脸看她，两个人靠得有点儿近，温淼恍惚间觉得自己下一秒就要跌进她的眼中。

然后海葵就笑了起来。

这是温淼第一次看到海葵笑。眉目清秀的平常少女，永远板着的一张脸，永远瞪人的双眼，竟然会笑出这样毫无保留的灿烂。

眼里的光芒熄灭了，漾出一脸的开怀。

别人的笑是笑，她的笑，是开心。

温淼不知道这一股脑儿涌现的念头都是什么。他连忙转过脸，用满不在乎的表情补救道："本来就像啊，茅坑里的石头，又……"

18

他连忙将慌不择言的比喻吞进肚子里。还好海葵压根儿没听见，也没有计较。

"你不是很抓紧时间学习的吗？干吗跟我一起翘课？"

海葵没回答，却说起了另一件事情。

"照片的事情。对不起。我只是……"

"你只是想开玩笑，结果搞砸了。"

温淼闭着眼睛也知道现在海葵一定在脸红。

"不过你物理课上把我解题步骤全擦了，这可是故意的吧？是不是妒忌我物理成绩比你好啊？"

"不是。我是生气。"

"哦？"温淼笑了，"为什么？"

"那道题和月考卷子的最后一道大题是同一种类型题，月考卷子最后一道题你用的就是这种简便算法，我还是从你那里学到的。可是你到讲台前做题的时候，根本就不认真。"

"所以你就生气？！"温淼大叫，像是看到了外星人。

"当然！"海葵也提高了音量，脸都涨红了，"我知道你聪明，我听陈雷说了，我们的教学进度比你们快，教材也有点儿差别，可你刚一来这里就考得这么好，本来可以更好的，你为什么不认真？"

温淼啼笑皆非。

"你比我妈还操心。不过我认真了估计也就只能考第四。"

"为什么？"

"不为什么啊，你不懂。"

温淼走神想起了余周周。四爷和六爷，到底哪个更好听呢？改天一定要问问她。

"是担心自己认真了也只能考第四甚至更差，这样就失去了'随随便便就考第四'的优越感和虚荣心了吧？"

又来了，这才像海葵呢。温淼挑挑眉，因为早就有了心理准备，所以没有爆肝。

"对啊，怎样？"

海葵倒被这种态度噎了，呆愣愣地眨了好几下眼睛。

那样子倒有几分憨憨的可爱了。

"就像很多胖姑娘，一直说减肥，可是一直不去减肥，为什么呢？因为一旦减肥成功了，她们就失去了唯一的希望——以前不好看还可以归结为胖，减掉就好看了；真的减掉了呢，就要面对严峻的真相了：其实，是因为丑。"

温淼被自己的理论逗笑了，得意地笑了半天，发现海葵完全不买账，有点儿兴味索然。

"你不应该这样不认真。"海葵还在重复。

温淼不耐烦："我认不认真关你什么事？"

"有能力做到更好的时候却不去努力，不认真就是对别人的不尊重！"

不尊重？温淼看向脸红脖子粗的海葵，哭笑不得。

"你有那么多精力和抱负，你就自己去努力呗，何况你还有提升空间嘛，先把排名在你前面的陈雷干掉！"

海葵并没有回应。

"我还是希望你努力。"

温淼却突然被一个灵感打动了。

"我说……海葵，陈雷他，他是不是喜欢你啊？"

这样就全解释得通了。温淼不禁为自己之前的不开窍深深懊恼。

"算我求你，你可千万别跟陈雷说今天下午我和你一起出来翘课了啊，我还要在这里混不知道多久呢，黑道白道我都不想得罪……"

海葵一个急速甩头，马尾辫直接把温淼抽蒙了。

太阳在他们眼前一点点、一点点地没入水中，在海天边缘纠缠不清，暧昧而抗拒。

"跳海的人多吗？"

"什么？"

"我问你，K 市跳海的人多吗？"

"嗯……我只能说，死在海里的人挺多的，大多数是在礁石上被海浪卷下去的，还有涨潮了之后才发现回不了岸边的，总之各种死因都有，是不是自杀，我还真不知道。"

海葵认真讲起事情的时候一定要执拗地盯着对方看，即使温淼坐在她侧面，她也要出现在温淼的余光范围里。

"那我们现在坐的这个地方……"

"放心吧，安全得很。……不过你为什么要问这个问题？跳海？"

"嗯，我只是想知道，这么硬气的海，到底是会让人变豁达还是绝望。"

温淼说完之后，两个人默契地安静了一会儿。

"我不知道，"海葵的语气出奇地柔和，"很多人都羡慕我们，想不开了就到海边坐坐，听听涛声，看看海浪千里迢迢赶来，甚至可以朝着大海怒吼，反正怎么样的情绪它都会承受。"

"是无所谓吧。"

"什么？"

"我说，不是什么情绪它都承受，而是对它来说根本无所谓吧，"温淼闭上眼睛聆听涛声，"它只是提供了一个舞台，有人来这里找灵感，有人来这里找顿悟，有人来这里扮演豪情壮志，有人来这里扮演万念俱灰。好像大海告诉了我们什么似的，实际上人家什么都没说，咱们这种小虾米一样的悲欢离合它还真没工夫理会，不过是看海的人借它的名义行事罢了。"

"你认真的时候真好。"

"我明明态度很消极好不好。"

"不是消极，就是认真，就是这种认真，真好。"

"你真有毛病。"

"涛声是大海的心跳呀。"

"你好恶心啊海葵，你要作诗吗？"

温淼大笑起来。

"其实我很希望他们喜欢我的，但是又觉得无所谓。"

温淼不再笑。

"我知道他们都讨厌我，在背后说我坏话，我也知道我的态度让他们受不了。但我就是喜欢较真，我讨厌别人说假话，我讨厌别人用不认真来掩饰无能。人生一世不应该拼尽全力吗？我不是个聪明人，我很努力也考不过陈雷，但是我没有觉得不开心，反倒是你随随便便输给我，我觉得受侮辱。活下来这么不容易，怎么可以浪费生命呢？但是他们都讨厌我这一点，我希望他们喜欢我，但是每次我憋屈到不行的时候，跑到海边来听海浪声，大海都会告诉我，不用博人欢心，无所谓。"

有点儿偏执，有点儿幼稚。温淼心底泛起一丝柔和又无奈的怜惜。

他揉揉她脑袋，假装没看见海葵像猫一样圆睁的眼睛。

"有时候也挺可爱的。我是说有时候。"

月上柳梢头。

温淼吹着口哨上楼，一打开门，就看见爸妈严阵以待，妈妈的神情有点儿兴奋过头。

"你们怎么回来了？"温淼愣住。

"好事，好事，"他妈妈喜滋滋地道，"我给你们班主任打电话了，已经给你请了一个礼拜的假，明天我就陪你回家一趟。师大附中那边的张主任来消息了，新加坡南洋理工的项目在招生呢，你得赶紧回去报材料。"

"什么？"

"之前你小舅妈不是都跟你提过嘛，五加五的项目，不用高考，有奖学金，一年到两年的预科，之后直接去读南洋理工，工作满五年就恢复自由身，你忘啦？"

温淼恍然大悟。那自己曾经也很期待的项目。

因为不用高考了。

温淼向来是信奉怎么省事怎么来的——只是他忽然有些慌。

"明天就走？我还有东西在学校。"

"以后再让你爸给你捎回去。赶紧回去准备吧，以后看情况，说不定还要回来读一段时间书呢。"

温淼点点头，有点儿茫然地用舌尖舔了舔虎牙。

客厅里节能灯的光白花花的，将下午的夕阳和海滩照得无处可去。温淼好像有点儿喜欢上这座城市了。

他不知道这种喜欢究竟是来得太早还是太晚。

温淼再回到 K 市的时候，已经是两个月后。

新加坡的事情紧锣密鼓地敲定了，几轮笔试面试下来，温淼秉承着"关键时刻绝对不掉链子"的优良传统，一路过关斩将，终于入选。

候选者众多，最终脱颖而出的只有四个人。

他考第四又如何，只要最终得到他想要的。不必第一名，不必太用力，只要刚刚好。

温淼再回到四中的时候，班里的同学已经知道他很快要去新加坡了，大家纷纷跑到他桌前去恭喜，真诚也好，凑热闹也罢，温淼都笑嘻嘻地接受。

只有陈雷矜持，只有海葵冷淡。

父母的外派也不会持续太久了，温淼知道这些人终究会被自己忘个干净，那么也没必要花力气去记住。

可是已经记住的，又要怎么办呢？

几个小姑娘蹦蹦跳跳地来找温淼"叙旧"，言谈中提及新加坡，都是一派羡慕。

"真好，温淼，你都不用参加高考了。"

"哪儿有，人生不完整。"

"得了吧，谁想要这样'完整'一回啊。我去过新马泰旅游的，新加坡可漂亮了，海比我们这里的蓝多了……"

"那里的海也配叫海？"

海葵突兀地插话，成功地让气氛僵掉。

温淼却有种松了一口气的感觉。

"你什么意思啊？"女生不甘示弱，"你又没去过新加坡，你知道人家那里的海没有我们这儿的蓝？"

"当然没有咱们这儿的蓝，"另一个女生笑嘻嘻地推波助澜，"海葵天天在浴场边帮海边的客人冲脚上的沙子，哪儿的水蓝她当然清楚啊。"

温森听得有些迷糊，但是看到海葵涨红的脸庞和陈雷不大对劲却又硬憋着的愤怒，他渐渐有些明白了。

"吵这些有什么意思，"温森皱着眉头摆摆手，"我看你俩倒是应该去冲冲脑子。"

周围瞬间冰冻的气氛让温森知道，他在这个班级的好人缘，算是完蛋了。

但是他不在乎。

温森拍了拍陈雷，他不知道陈雷能否明白自己的意思。

我理解你。反正我马上要滚蛋，不在乎，你没办法站出来替她说的话，我来帮你说好了，所以我理解你的苦衷。

但你仍然是个懦夫。

海葵没有回头。人都散了，她也没再回头说过什么，温森却只听见神经质的一句又一句"那边的海也配叫海？"——似乎是海葵不断地在碎碎念。他怀疑是自己幻听。

直到海葵侧脸找东西的时候，他看到她满脸的泪水。

就在温森得罪了两个女生的下午，陈雷递给他一张纸条。

洋洋洒洒几百字，中心思想不过就是他希望温森能够认真地参加一次考试，哪怕是为了海葵。

这种偶像剧的逻辑。温森"哼"了一声，将纸条团成一团。

期末考试，温森考了全班第一。

第二是陈雷，第三名是海葵。

领队的哨声响起，温森从回忆中惊醒，和尴尬的司机对视一眼，笑笑。

有几个下海去游玩的姑娘踩了满脚的沙子，正在为难的时候，司机指了指远处说："去那边花钱冲一下再上来吧，一块钱一个人，冲干净了好换鞋。"

女生们转身就朝司机指的方向冲过去了。

"我以前认识一个姑娘，应该就在你刚才指的那个地方打过工。"

司机没想到温淼主动聊起，有点儿不好意思。

"以前不是这种一排排的水龙头的，要从大水桶里打水，还会有伙计拎着桶帮客人冲。……你认识那小姑娘是干这个的？"

"嗯，应该是吧。"

"大夏天旺季的时候，做这个挺苦的，特别晒。"

"嗯，所以她很黑。"

温淼忽然觉得心跳得很快。

"你真的觉得我的肤色好看？"

道别的海边，又是沉默不语，又是并肩，同一块礁石。

冬天的海边竟会被冻住，温淼被海风吹得整个人都木了，他实在不明白为什么海葵一定要在这个地方话别。

"是啊。当时问你是不是夏威夷血统是我脑子抽了。我是真的觉得黑得很匀称，挺适合你的。"

"真的？"

"你废不废话啊！"

海葵不说话了，她还是板着脸，眼角眉梢却喜滋滋的。

"谢谢你最后认真地复习。考得真好。"

"我说你真有毛病，我把你名次挤下去了你到底有什么可开心的啊？"

"你不明白。我……如果可以，我也不想要这么努力，什么事情都钻牛角尖，可是我从小到大，就没有一件幸运的事情发生过，我必须做到最好，至少是我能力范围内的最好。我不聪明也不好看，家里爸妈都有病，也供不起我的。其实我也想去新加坡看看那边的海，我也想像你一样，不费很多力气也能过得开心。我羡慕你，但是我不妒忌，我所拥有的也只有认真努力这一条路。"

温淼动容。

"我谢谢你。你愿意试着跟我公平竞争一次，我输得心服口服。"

海葵笑了。依旧是毫无保留的灿烂。

"温淼，你有喜欢的女生了吧？"

温淼愣了愣，不自在地挠挠后脑勺："不算是喜欢吧……"他忽然烦躁起来，伸出手胡乱地揉海葵的绒线帽。

"你怎么这么多话……"

海葵却突然冲上来亲了他。

吻落在嘴角，不知道是没对准还是不敢对准嘴唇。女孩身体倾过来，闭上眼睛亲吻温淼的瞬间，睫毛刷到他的脸颊。

温淼来不及反应，手还放在她的头顶上呢。

"我在海水浴场冲脚的店里打工，暑假时我在海边见过你。你老盯着漂亮姑娘看。我见到你的第一眼就喜欢你，我不知道为什么，可是我听你和老板聊天说你是外地人，是来玩的，我觉得夏天一结束我就见不到你了。"

海葵的嘴唇一直在抖。

"我没想到你竟然会坐到我后桌来。从小到大，这世界上从来就没有过什么好事降临在我身上，我都习惯努力去争了，根本停不下来。但是现在有奇迹发生了，就跟电视上演的一样，我开心得不知道怎么办才好。你学籍不在这里，你随时都会走，你也和他们一样讨厌我，但是我……但是我……"

海葵忽然泣不成声。

温淼被轰炸得头脑发晕，他的脸都被海风吹麻了，那个吻，轻得连最基本的触觉都没有。

"我不讨厌你。一点儿也不。"

涛声是大海的心跳。有时候也是温淼的心跳。

温淼坐在大巴上往酒店的方向逝去。

大巴沿着海岸线，转上坡，在夕阳余晖中，在斑驳树影下，朝着砖红色房子的老城区中心驶去。

温淼即将告别 K 市，回到阳光炽烈的热带。他依旧不习惯很努力，依旧得过且过。

他记得那个吻，却忘记了最后是怎么和海葵道别的。

他们也没有保持联络。

不是不悸动，却没什么遗憾和放不下。

温淼的人生从来没有什么必须和绝不，就像大海，从没想过积蓄力量去把全世界的海岸都摧毁。来来去去的朋友，像河流入海，像水汽蒸发，他们从没带走什么，也从未改变什么。

少年的青春痘一个个冒出来，一个个平复。没什么大不了，没什么不得不。所有人都跑到海边来演戏，声嘶力竭或大彻大悟，他只喜欢看。

就这样坐在海边，看姑娘嬉戏，听涛声沧桑。

这就是温淼的好人生。

只是，大巴这一路走来，温淼才终于知道，当年海葵在自行车背后指着自己绕了多么远的路。

少年头靠着玻璃窗，渐渐睡去。

单洁洁番外
二十四小时

· 这么多年。我希望他是我男朋友，可他不是。

· 他们都曾经觉得他是，可他不是。

· 他们都已经相信他果然不是，我却还希望他是。

夏天的蝉声是最温柔的闹铃，它从不突兀惊吓，却能潜入梦境中，在所有瑰丽离奇的情节背后响起，如潮水的尾声般，平静地带人醒来。

只可惜这闹铃总是不合时宜。

单洁洁迷迷糊糊睁开眼。窗外海浪般的蝉声，熹微的晨光，还有脖子、后背一层细细密密的汗。

她按了一下枕边的手机，凌晨五点三十分。

还可以睡好一会儿。这样想着，她心里升腾起一种模糊的开心。单洁洁盯着上铺的床板发了一会儿呆，因为拥有了随时继续沉睡的权力和能力，她反倒不急着入眠，意识盘旋在清醒和昏睡之间，晕晕的，格外舒服。

最后的夏天。

在这种微小的开心中，一个奇怪的念头忽然冒出来。

就在这时候，她听到轮子的声音，侧过头看到上铺室友余周周正拖着行李箱往门口走，可能是害怕吵醒她，所以格外轻手轻脚。

"你这就走了？"

单洁洁终于清醒过来，一个激灵坐起身，掀开夏凉被就跳下床，光脚踩在水泥地板上。

余周周倒是被她吓了一跳，赶紧哄她："姐姐你冷静，穿鞋，先穿鞋。"

单洁洁呆呆地看着余周周脚边立着的箱子。昨晚两个人都喝多了，她现在整个人都有点儿发蒙，视线落在箱子正面的黑色帆布面上——昨天晚上被她俩不小心用罐头铁盒划了好长的一道口了，现在正狼狈地翻着，像一张扁起来要哭不哭的嘴巴。

然后单洁洁就哭了。

宿舍里四个女生，昨天走了两个，今天余周周也要去赶人清早的飞机，只剩下单洁洁自己了。

"你怎么不叫我一声啊！"单洁洁哭得很难看，没刻意控制，嘴咧得像冬瓜。

"你哭得还能再丑点儿吗?!"余周周在浑身口袋里摸了半天也找不到一张纸巾，还是单洁洁自己转身从床头拿了一盒纸，抽出来好几张，叠在一起狠狠地擤了一把鼻涕。

"你说啊，你怎么不叫我一声你就要悄悄地走了啊！我一睁眼发现你不见了我得多难受啊，你是不是人啊！"

单洁洁擤完鼻涕就开始连珠炮似的控诉余周周，一口气下来说得自己都有点儿眼前发黑。

"吵你醒过来干吗啊，磨磨叽叽有意思吗？不就是毕个业吗？又不是以后见不着了。你少说两句，有说这些的气势还不如省省劲去冲许迪吼，你怎么一看见他就那么老实呢?!"余周周忽然来了火气，摁着单洁洁的脑袋让她坐回到床上。

听到许迪的名字，单洁洁安静了一会儿。

余周周有点儿不忍心，却也不知道应该怎么继续道别，愣了愣，就开始使劲揉单洁洁的头发。

"昨天晚上都说一夜的话了，你这刚睡几个小时啊就爬起来。得了，赶紧上床接着睡吧，我得赶紧走了。林杨叫了辆黑车，人家还等着送我们去机场呢，我不跟你絮叨了。"

余周周说完就赶紧拉起行李箱，单洁洁知道余周周的箱子算是她妈妈留下的遗物，还曾经被她拖去过热带的海边，用了好多年。箱子拉杆部位都坏掉了，却怎么都不舍得丢掉。拉杆有时候收不进去，有时候又抽不出来，每次都要单洁洁帮她一起单脚踩着箱子使出吃奶的劲推推拉拉。

以后再也不用自己帮忙了。

想到这里单洁洁眼圈又红了，她连忙憋住，对余周周说："走吧。"

余周周点点头："嗯，走了。"

轮子在地上小心翼翼地滚过，把离别拖成了慢镜头。

门"咔嗒"一声锁上。刚刚隐去的蝉声忽然变得聒噪起来，好像知道宿舍里只剩下单洁洁一个人，就嚣张地从窗子里涌进来，驱赶掉她所有的睡意。

她抓起手机看了一眼，发现了一条未读短信息。

单洁洁想起午夜时候，她和余周周喝高了，混沌中好像是感觉到手机响了两声，她本能地拿起来看，被余周周抢了过来甩在了一边。

"肯定是他。现在先不能看，洁洁，你有点儿出息。"

"万一不是呢？"

余周周一喝多了就有点儿暴力倾向，她指着单洁洁的额头，恨铁不成钢地大喊："单洁洁，我再说一遍，你他妈有点儿出息。"

单洁洁手上全是汗，她用拇指摸索了一下屏幕，越擦越脏。

到底还是把手机放回到枕边，躺倒在床，闭上眼睛。

单洁洁，你有点儿出息吧。

单洁洁再次醒过来的时候已经是上午十一点半。她又睡了一身汗，额发也有些湿漉漉的，被压得都翘了起来。宿醉之后头昏脑涨，她浑身不舒服，一醒来就躺在床上生闷气。

想上厕所，想吃饭，却不想起床。

地上的酒瓶和垃圾都被余周周收走丢掉了。睡过一觉之后，几个小时的时间也被无限拉长，不久之前送别带来的清晰伤感，因为这种间隔而开始变得遥远而迟钝，最后被正午炽烈的夏日阳光暴晒干净。

单洁洁翻来覆去，越来越热，她愤恨地盯着窗子上方的空白墙面——说好要装的空调，整整四年过去，还是没有装上。

她们就这样抱着期待忍了四年。

也有人早早就无法忍耐这样的夏天，所以在学校周边租了房子，每一个夏天都凉爽惬意，永远不会被午夜十二点断电断网所困扰。

谈恋爱也方便。

比如许迪。

他早就没有夏天了吧，单洁洁想。

然而单洁洁始终记得自己与许迪重逢的那个夏天，和今天一样闷热，阳光暴烈。

她中考考得很好，超出师大附中高中部分数线六分，整个夏天都在惬意地四处游玩，快开学了才回到家开始提前预习高中课程。某天路过家附近的一座普通高中十七中时，她无意间看到刚刚张贴出来的新生录取名单。

她也不知道自己哪里来的兴致，竟然站在日头下看了起来。

然后就看到"许迪"两个字。这是很普通的名字，生源地是师大附中初中部。

单洁洁并不确定这是不是自己认识的那个许迪。她的小学同学里除了余周周和詹燕飞等几个户籍不在中心区的学生，其他基本都进入了师大附中初中部和八中。

那个讨人厌的许迪就在师大附中。

单洁洁盯着这个名字想起了许多曾经的瞬间，比如她刚转学进入师大附小的时候，于老师任命她做班长，许迪是第一个扑上来套近乎拍马屁的。

"新班长，新班长你长得真好看。"

单洁洁回忆到这里，不由得扑哧笑出声——当年太小，没法从这句话中获得足够的快乐，现在才反应过来，会不会太晚？

不过，五年级的时候女班干们集体风光不再，许迪也是第一个带领一群男同学"翻身农奴把歌唱"的。发卫生巾的时候带着人在后门闹事不走的是他，运动会上满场乱跑死活也不愿意回到方阵里坐着的也是他，尤其是在数学奥林匹克比赛中和林杨一同拿了特等奖之后，更是开始对詹燕飞、余周周等校园风云人物们落井下石，那副小人得志的样子，单洁洁这辈子都忘不了。

彼时盯着这张名单的十六岁的单洁洁，还没法理解许迪这种浑然天成的"识时务"与"能屈能伸"。

她当年所没能理解的这一切，最终都作用在了她自己身上。

单洁洁盯着窗子上方的空白盯得发蒙，恍惚间好像十七中门口的那张名单一笔一画地浮现在了眼前的墙上。

她不想再回忆下去，一骨碌爬起来，拎起脸盆冲去水房，直接将脑袋对着水龙头一通猛灌。

凉凉的水温柔地冲掉了她脑海中的名单。

二食堂的电视机永远在放不知所云的外国街头整蛊节目，单洁洁一边啃着油饼一边抬头看，忽然妈妈的电话打进来。

"你东西都寄回家了吗？"

"嗯。昨天中午寄出去的，中铁的快递，那堆东西花了五百多的运费吧。"

"也不知道你大学四年都买了些什么，到时候人家该不会在咱家门口堆一吨的垃圾吧？"

"一吨的垃圾才花五百块运费，妈，你想得真美。"

"别跟我这儿瞎逗。我一直想问你，你为什么把东西都寄回来啊？那些生活用品搬到公司宿舍以后还能用的，你又想重新买啊？"

单洁洁愣了愣，假装被油饼噎着了，咳了半天，直到差不多镇定下来了，才慢悠悠地说："都用四年了，该扔的早扔了，我寄回去的都是书和不穿的衣服，还能捐贫困山区呢。"

"捐贫困山区你就寄给贫困山区啊，你寄到家里我还得给你收拾，你拿家里当希望工程啊！"

又来了。单洁洁长叹一口气，知道老妈这一关算是过去了，于是一颗心落回胸腔，很耐心地听她妈妈唠叨完，作为早已成功度过青春期的女儿对仍在更年期的母亲的报恩。

挂了电话，单洁洁又傻呆呆地看了一会儿电视。她不知道电视有什么好看，只是觉得总比手机里面那条未读信息要好看。

节目组的演员假扮街头巡警，上半身穿着警服下半身穿着内裤，在街头给汽车贴罚单，围观群众反应各异，倒也都算是淡定。

单洁洁一直找不到这个国外节目的笑点究竟在哪里。

她也不明白许迪这些年究竟为什么一直在整她。她很好笑吗？

还是因为十六岁的时候她先笑了他，所以他这么多年来一直记恨着她，一定要一遍又一遍地笑回来？

十六岁的时候，单洁洁终于将脑海中那个得了奥数金牌之后春风得意小人得志的许迪和名单上这个普通的名字联系在了一起。

当年那么贱，现在还不是考砸了进入普通中学？当年在老师庇护之下一副蒙尘明珠终于发光的志得意满的模样，现在成王败寇，又怎样？

单洁洁记得许迪嚣张的做派，也一直为余周周她们鸣不平，所以现在被她逮到机会，实在很难慈悲。

"你笑什么？"

单洁洁实在有些想不起来被抓包的窘迫。她只记得，自己的心跳真的停了一会儿。

原来心跳是真的会漏掉几拍的，好像胸腔打开了盖子，时间哗啦啦漏了进去。

许迪的脸凑得太近了。有些凶，有些自尊心失衡，有些敌意，有些受伤……

眉眼间依稀还有小学时候的样子，可是眼前挺拔的少年清秀而陌生，单洁洁刚刚因为记忆而起的快意恩仇，忽然就失去了凭依。

一刹那就脸红了。她不知道是因为难堪还是别的。

"我没笑什么啊，我有什么好笑的？难道名单上有你？"

她实在不镇定，也不会撒谎。少年锐利的目光把单洁洁内心那点儿阴暗的幸灾乐祸照得无处遁形。

许迪绷着脸好一会儿才轻蔑地笑了。

"装什么装，你考得很好？顶着大太阳看别的学校的录取名单，真是够闲的。"

单洁洁气闷，却没什么好反驳的，呆站在那里死瞪许迪，许迪也毫不示弱地回瞪她。

半晌，许迪转开眼睛，去看单洁洁背后的名单。

"一次失手而已，我是不可能来这所学校的，我爸给我报了师大附中高中部的议价生。你也考上师大附中了，对吧？"

前后两句之间有什么关系？你怎么知道我上师大附中了？你关注过我？

单洁洁有一秒钟的呆滞。

许迪"哼"了一声："以后你会知道的，小人得志。"

许迪说完之后转身就走，单洁洁被噎得几乎咯血。

在她脑海中盘旋了好一阵子的"小人得志"，终于降落在了她自己身上。

"你说谁小人得志?!"

以后我会知道什么？她更想问这个问题。

三年没见，两个人都变了样子，却没有打招呼寒暄，直接凶巴巴地猜起了对方的心思。

好像一直就很熟的样子。

单洁洁这时候才开始觉得，日头太毒，她五分钟以前就应该觉得晕的。

单洁洁顶着比那年夏天还要毒辣的日头从食堂冲到了学生服务中心。下午两点钟，服务中心刚上班，一头绵羊卷的大妈懒洋洋地走到窗口前坐下，随手将一大串钥匙扔在一边。

单洁洁连忙走过去，从钱包中掏出饭卡递过去。

"老师您好，我注销饭卡。"

"哟，小姑娘，你怎么有两张饭卡啊？"

没想到递过去的是两张叠在一起，因为太薄，她竟然没发觉。

所以刚刚吃饭的时候刷掉的是哪一张？

许迪总是赶不上学生服务中心下午两点到六点的上班时间，所以常常没法给饭卡充值，每一次都是扔给单洁洁，晚上再到她宿舍楼下来拿。

单洁洁已经记不清楚最后一次帮许迪充值是什么时候了，这种饭卡躺在她钱包里，和她自己的混着用，都有些分不清楚了。

陌生人相遇，陌生人分开。

留下一地没人要的习惯。

"姑娘，两张饭卡收回去了啊，里面余额加起来还有十块钱不到，我们是不退的哟，这个讲清楚。押金各二十块，一共四十你收好……"

"欸，老师！"

"怎么啦？"

单洁洁死命盯着窗口，脑仁儿发疼。

"押金不要了，您还是把饭卡给我吧，我留作纪念。"

"那就退掉一张好了，留下一张做纪念，反正你有两张。好歹二十块押金呢，不要白不要。"

"不用，"单洁洁也不知道自己为什么笑得那么伤感，"真不用了，两张我都留作纪念吧。"

四年的回忆换四十块钱，打个车就花没了。

单洁洁又拿起手机看了一眼时间，下午两点十分。

屏幕左上角是时间，旁边就是一个小信封，分分秒秒地提示她，你有一封未读信息。

你要说什么呢？单洁洁怔怔地看着那个洁白的小信封。

高中时单洁洁用的是小灵通，那时候只要家里条件允许，父母基本上都会给孩子配备手机以方便联络，同时却担心孩子有了手机之后会不好好学习，所以永远选择非常不方便的小灵通。发短信有字数限制，存储容量又小，除了打电话便宜，真的找不出什么优点来。

即使这样，也挡不住年轻的信封图标。

单洁洁的收件箱最多只能存储不到两百条短信。她每天都和许迪来往许多的短信，大多是垃圾，也就只有一两条值得保存。就这一条一条的积累，也将她的手机容量撑爆，于是再咬着牙删除，不停地优胜劣汰。

但好歹那两百条里面还有些许迪的打油诗，耍无赖，总之找一找一定有亮点。

比如"我觉得七班班花龅牙哪里有你好看啊。明天语文卷子诗词填空能不能借我抄一下？"

然而上大学之后，单洁洁的手机鸟枪换炮，容量大增。

却再也选不出什么短信值得珍藏。

"帮忙带早饭，三个菜包两个肉包，不要二食堂的。"

"今天邓论肯定签到，帮忙留神，我们宿舍全体，除了老三他老婆帮他签到，你别签重了。"

"我衣服干了没？没有换洗的了。"

又或者是：

"中国美术史课这星期留什么作业了？帮我也弄一份。"

"信息系统概述课的思考题是啥来着？答案帮我弄一份。"

"大学物理课你有同学在修吗？实验报告弄一份。"

不是"帮我也弄一份行吗？"，而是直接吩咐。

所以连第一个问题也纯属多余。

临别的晚上，单洁洁一杯一杯地灌百利甜，头重脚轻的时候，还记得笑嘻嘻地把手机给余周周看。

"你存的这都是什么破玩意儿。"余周周一把将手机打回去。

单洁洁再接再厉，从草稿箱里面翻出一条存了不知道多久的短信，没羞没臊地展示给余周周看。

——你喜欢我吗，许迪？

"够干脆吧？"她傻呵呵地笑个没完。

"发出去才叫干脆。"

余周周一点儿没废话，抢过来就按了发送。

深夜两点半。

——你喜欢我吗，许迪？

你喜欢我吗？

单洁洁将两张饭卡揣进钱包，一低头冲进了门外无懈可击的阳光之下，一路狂奔。

女生喜欢上一个人实在没什么道理。也许因为被抓包的时候他离她太近而心慌，也许因为他突然长得不像小时候，也许因为他说他会去师大附中然后问她是不是也在师大附中，即使她知道这两件事情并没有关系……

单洁洁忽然为自己感到悲哀，她永远找不出喜欢一个人的理由，就像当年众人一个玩笑对方一个笑容，她记住张硕天肉滚滚的大腿和白袜了；就像当年少年受伤又自负地说："以后你会知道的，小人得志。"

张硕天很糟糕，可许迪却不够糟糕。

许迪高一进入单洁洁的班级，议价生的身份，摸底考全班第二。单洁洁从第一天开始就是许迪的同桌，这个状况让她喜忧参半，忧的是许迪在十七中门口那个锐利的眼神，喜的……喜的又是什么？

摸底考的时候许迪连翻卷子都是恶狠狠的，誓要用白纸翻页的声音羞辱半天也没做完这套变态试题的同桌单洁洁。

成绩出来之后，单洁洁全班第二十九。不知道是不是秋老虎的威力，她看着成绩，太阳穴一跳一跳，只能不停地揉，越揉越痛。而另一边，课代表下发的每一科卷子许迪都不收起来，故意在桌面上扔得乱七八糟，把单洁洁气得咬牙。

"我早就说过以后你就会知道的。一次考试抖起来了而已，高兴得太早了点儿，还有三年呢，祝你开心。"

单洁洁当场炸毛。

"我到底怎么你了，你就一定认为我嘲笑你？"

"你难道没有？"

单洁洁眨眨眼。

"有。"

许迪明显是在肚子里准备了一车的话来应对单洁洁的抵赖狡辩，听到这句话，反而呆了。

"所以对不起。你的确很厉害。"

单洁洁低头道歉，干干脆脆，大大方方。

许迪没说话，过了一会儿，收起了一桌子卷子，抱起篮球出门，一整节课都没回来。

单洁洁去了趟洗手间，回来的时候，桌子上多了一瓶风油精。她看了看四周，然后涂在了太阳穴上。

满教室都是这股薄荷的味道，吸进肺里凉丝丝。

许迪回来，一把将风油精拿回塞进书包里，两个人再没说什么。

单洁洁不停回忆，这么多年里，许迪究竟有没有再做些别的什么事情？别的什么更加值得回忆的、温暖感人的事情？

好像有，又好像没有。

可就是这小小的骄傲和别扭，就是这一瓶小小的求和的风油精，就让单洁洁心里的许迪，再怎样都没法算得上糟糕。

即使后来他对人对事又变成了单洁洁记忆中那样小人得志。

即使后来他交了女朋友，同居，因为信任危机而分手，却还是会把银行卡密码和网银密码都告诉单洁洁，让她帮他转账取钱。

"就这么点儿事？"余周周抱着百加得的酒瓶，一仰脖灌下去半瓶。

"也不是，也不仅仅就是这么点儿破事。他借我卷子抄，下大雨的时候他送我回家，有时候也会突然说些像'我会去师大附中，是因为你也考上师大附中'之类的话。"

"你喝高了，"余周周打断她，"人家当年没说'因为'这两个字。是你自己瞎联想出来的。"

后面的所有，也是你瞎联想出来的。

即使喝多了，单洁洁也猜得到余周周省略的这句话是什么。

单洁洁的生活中缺少什么？

她至今也没办法理解余周周他们那样的小心翼翼，也无法对自己表哥陈桉的负重前行有一丝一毫的理解。单洁洁的生活就是光明磊落的，她的爸爸妈妈给她完全的爱和信任。她讲义气，即使有时候会得罪人，但是大部分人还都是是非分明的，所以她一直有朋友。她成绩不算拔尖儿，但也在中上，家里有钱，前途绝对不愁；她长得也端正大气，感情上也绝对不愁。

相比各有苦处的同龄人，单洁洁没什么好担心的。

只要她看得开。

只要她不悬梁刺股只为跟许迪一起考进这所大学，只要她不一根筋地非要和他考进同一所国企留京。

只要她将视线稍稍挪开一点点，看看别的地方、别的人。

"你说，我是因为什么呢？我为什么搞不懂他呢？他到底是怎么想的？他对我，真的只是习惯而已吗？我小学时喜欢张硕天，你是知道的，我承认那是因为我不懂喜欢。那现在呢，现在我又不懂什么呢？"

"你不懂甘心。"余周周指手机。

"许迪就是个普通男生，你是个好女生，他依赖你，相信你的人品，从没想过让你做他女朋友。"

"我知道你从小学就讨厌他。"单洁洁笑。

余周周再怎么说，单洁洁依旧觉得胸口有什么东西堵在那里，无法纾解。

"我知道，我知道你讨厌他。我也知道，他可能不喜欢我，可是，这些年过去，他对我，没有感情吗？"

余周周愣了很长时间。

"洁洁，我们谁又懂感情呢？"她说。

女生宿舍楼下的洗衣房这两天再也没有十几台洗衣机一齐轰隆隆运转的声音，单洁洁跑了一身汗，在门口喘了一会儿粗气才敲敲门进去。

吧台后面的小姑娘恍若未闻，只顾埋头在言情小说里，眼圈都红了。

"打扰了，我要把后面的这十几张洗衣票都退掉。"

"哦，是你啊！"洗衣房的小姑娘放下书，笑得甜甜的。她比单洁洁小三岁，上完初中就到外面来打工闯荡，做派看起来比单洁洁还大了不少。

"我这几个月很少看见你男朋友嘛！"小姑娘一边数洗衣票一边八卦，单洁洁已经习惯了。

许迪和两个哥们儿一起搬到校外合租，可是抠门儿房东不肯给他们装洗衣机，所以许迪的衣服还是需要拿回到学校宿舍楼下的这些洗衣房清洗，洗完之后还要记得拿，拿回来之后还要不怕麻烦地交给许迪——这种事情做一次两次还可以，次数多了，许迪原来的宿舍同学都有些烦，发生过好几次衣服扔在洗衣房的桶里没人去领导致衬衫都发臭了的情况。

后来这项工作自然是单洁洁接收了。在女生宿舍晾干叠好，再交给他。

许迪会把内裤和臭袜子放在一起交给洗衣房，洗衣房小妹妹哪儿管那么多，统统扔进洗衣机里搅。单洁洁发现之后，都会挑出来，自己单独给他洗了。

这件事情只有余周周看到过。单洁洁总是挑下午两三点水房没人的时候才敢偷偷摸摸地去洗男生内裤，四年的时间，终归还是被余周周撞到了。

你到底图什么？

余周周没像单洁洁担心的那样痛骂她，她只是默默地看了水盆好一会儿，摇摇头说："单洁洁，你到底图什么啊？"

之后余周周再也没提过这件事情。

单洁洁知道，这种行为其实已经足够让她自己把自己抽翻一百次了。

这叫什么事啊？！

可就是这么个事。

二十岁生日的时候，余周周曾经送给她一幅歪歪扭扭的毛笔字。

四个大字，"生而御姐"。

单洁洁在别人眼里，的确永远是一副正义感爆棚、脾气也爆棚的人姐范儿。

她很开心，却还是不知足地大声抱怨，明明应该写"生而女王"嘛！余周周却当着她的面，在腰部悄悄地比画出了一条男士内裤的样子。

单洁洁说不清楚那一瞬间呆滞她的究竟是尴尬还是想哭。

"你怎么了？我问你男朋友呢？"小姑娘聒噪的大嗓门惊醒了单洁洁，她不好意思地笑笑。

"他搬家了，家里有洗衣机了。他不是我男朋友，说了多少次了。"

小姑娘摆出一脸"得了吧"的表情。

单洁洁笑："我说真的，其实我真的特别想跟你承认呢，可是，真的不是。"

说完她自己也愣住了。

这些无论如何都羞于承认的独白，总是轻而易举地在陌生人面前脱口而出。

似乎对话中陌生的不是对方，而是自己。

心中遮遮掩掩欲说还休的"许多年"，说来说去，不过就是这样一句话。

这么多年。

我希望他是我男朋友，可他不是。

他们都曾经觉得他是，可他不是。

他们都已经相信他果然不是，我却还希望他是。

单洁洁回到宿舍，将所有剩下的东西都打包进行李箱，然后坐在只剩下木板的床上，静静地看着太阳西斜。

许迪忙着参加和组织各种散伙饭，反正他并不住在学校里，没有单洁洁她们限时搬离宿舍的紧迫感，所以完全有条件将毕业变成一场不诉离伤的流水宴。

单洁洁把所有昨晚剩下的酒都起开。酒并不好喝，然而醉的感觉很好。

她和余周周两个人都没怎么喝过酒，昨天晚上是第一次尝试喝醉——余周周是否醉了，单洁洁并不清楚，但是她知道自己醉了。否则也不会任由她将草稿箱的那条短信发出去。

"你喜欢我吗，许迪？"

单洁洁对着宿舍水泥地上的夕照日光举杯。

那些乏善可陈的相处，那些同一间教室发酵的青春，那些说不清道不明的默契，那些终将被抛弃的习惯。

别人都以为许迪曾经说过什么暧昧的话，才让单洁洁误会至今。然而真的什么都没有。也许就因为没有过，单洁洁才坚信有可能。

他有过一个两个三个女朋友，可她是唯一拥有他网银密码的人。他从没有用暧昧的承诺来拴牢她，所以她才觉得珍重。

单洁洁以前以为是别人不明白。后来她才意识到，可能是自己不明白。

仔细想想，暧昧的场景，倒也不是没有过。

皓月当空，她陪他在湖边练习自行车。他忽然一时兴起要骑车带她，她死活不肯。

"带不起来怎么办？你这种人，肯定埋怨我胖。"

"矫情什么，在我心里你没有形象胖瘦之分。"

她愣住，不知道这句话做何解释。许迪也安静地看着她，没有惊慌失措地将这句话收起来。

什么意思？她还是问了。

许迪忽然笑了，第一次，生平第一次，伸出手，轻轻地拍了拍她的头。

"你就是单洁洁啊，胖了瘦了都是单洁洁，不会认错的。"

她不知哪儿来的肉麻神经，鼓起勇气追问："人群中一眼就能认得出来吗？"

"嗯，一眼就能认得出来。"

月色在少年眼里，柔情似水。

单洁洁喝得有些多了，她把头伸出窗外，看着窗外的月牙。

你他妈到底代表谁的心啊？你的心被狗吃了吧？

单洁洁笑着笑着，就趴在床板上睡着了。

手机闹钟将她叫醒。

单洁洁拖着箱子走出宿舍楼，最后回头看了一眼挡在她们房间窗口的枣树。

北京火车站站前无论白天夜晚都一样仓皇而戒备。单洁洁站在广场中央抬头看着巨大的钟楼。

五点半。这个时刻的天光让单洁洁分不清究竟是早上还是傍晚。她闭上眼睛，再睁开，好像又回到被蝉声吵醒的二十四小时前，余周周笨拙地拖着旧箱子想要不告而别。

单洁洁终于掏出手机。

那条问"你喜欢我吗"的短信，到目前为止只有一条回音。单洁洁迟迟没有看，就是在等待出发的那一刻。

她妈妈说得对，那些东西直接搬进国企的新员工宿舍就可以了，没必要寄回家。

因为她不打算去了。

另一个工作机会在南方，没有北京这边的待遇优厚，又是个陌生的城市。

但是那里没有许迪，没有依赖，也没有习惯。

单洁洁早已下定的决心，在那条短信午夜奔逃到许迪那边之后，还是有过一丝动摇——如果他回答了什么。

如果他在火车站的人群中一眼认出了她。

单洁洁有些颤抖地点开收件箱。

　　"咱今天是最后一天退校吧？之后是不是校园卡就不能用了？我今天可能还要回学校带一个朋友进图书馆，没有校园卡可就歇菜了。你给我个准信儿啊，我说的可是今天啊今天，过了零点了。"

　　单洁洁忽然笑了。
　　许迪说的那个过了零点的今天，其实已经是昨天。

詹燕飞番外

小时了了

·"我想当个好老师，当个好妈妈。"

·她又一次重复道。

·对未来的某个孩子郑重承诺。

·这样，我就可以将我曾经没有得到的所有的爱与尊重，统统给你。

詹燕飞把下巴放在前排的椅背上，目不转睛地盯着台上正在彩排的两个主持人。周围那些同样被班主任叫过来帮忙布置会场的同学，都趁着老师不在的空当聚在一起谈天打闹。小姐妹们谁都没有注意到她已经脱离了圈子，独自坐在角落，听得聚精会神——谁都不知道那对浓妆艳抹的学生主持人矫揉造作的腔调究竟有什么可听的。

詹燕飞嘴角勾起一丝自己也说不清楚的微笑，很浅。

刚才演小品的三个人，演对手戏的时候总是背对着台下，和观众丝毫没有正面的表情交流。忌讳。

唱歌的女孩子像个木头桩子一样钉在舞台偏左的位置，眼镜片反光，声音颤抖。忌讳。

两个主持人声音太尖，互相抢话。男生小动作太多，捋头发摸耳朵，女生喘气声过重，每句话前面都要加一句"然后"……忌讳忌讳忌讳。

她在心里默默点评着彩排中每一个人的表现，就像当年带她入门的少年宫郑博青老师一样。然而詹燕飞只是习惯性地品评和挑错，并没有一丝一毫嘲笑别人的意思——这些学生并没有受过什么专业训练，只是被各个班级派作代表来参加一年一度的艺术节而已，怎么说都比自己这种被抓壮丁来打扫场地、搬桌椅的苦力要强。而且场上的演员和主持人也不会太在乎自己的表现是否精彩到位，反正不管怎么样，自己班级的同学总会高声欢呼喝彩的。

詹燕飞当年用了很长时间才明白，舞台上最重要的并非是你的表现如何，而是——你是谁，谁来看你的表演。

当她是小燕子的时候，所有认识不认识的人都为她竖拇指，拥抱她，流露出艳羡的目光。

当别的人是小燕子的时候，只有她的父亲仍然为她竖拇指，拥抱她，投射出最为骄傲的目光。

他们看的是舞台上的小燕子，只有他看的是舞台下的詹燕飞。

她想起六年级的时候，当妈妈捏着她在师大附中择校考试中只得了22分的奥数成绩单大吼大叫时，爸爸把她带出家门，将"你们老詹家一个德行，从老到小一个比一个没用"的咒骂关在了防盗门里面，化成了嗡嗡的微弱不明的震颤。

那时候她已经不再是小燕子，电视台里面有了新的豆豆龙和乖乖兔，一男一女，五六岁的年纪，一切都刚刚好。詹燕飞很长一段时间看到省台那栋耸立在江边的银灰色大楼，仍然会因为恐惧和羞耻而感到胃部纠结，疼痛而恶心。

很好。

她伸了一个懒腰，注视着男女主持人退场，下一个节目手风琴独奏上台。

终于能如此平静地面对一场校园文艺演出了，在她自己都没有意识到的岁月中，那些创伤已经慢慢结痂痊愈，只是摸上去仍然会有些粗糙的痕迹，提醒着此刻满足而安恬的她，那段看似淡去的过去，其实从来都不是坦途。

詹燕飞是很久之后才知道自己的父亲曾经是省里一家芭蕾舞团的副团长，而妈妈则是考入那家芭蕾舞团的学生。这家芭蕾舞团是如何倒闭的，她并不知晓，反正自打记事起，爸爸就被肺结核拖垮了身体，而妈妈的体形则完全无法让人联想起她年轻时候的专业。妈妈经年累月地对从此一蹶不振的爸爸充满了抱怨和数落，这让詹燕飞很小就学会了在密集的言语攻击下排除一切干扰专心致志地玩洋娃娃。

在不久之后郑老师夸奖她小小年纪就能够在任何情况下排除干扰专

心背稿的时候，詹燕飞还不知道"因祸得福"这个词。

也许人年少时的所有天赋，都源于苦中作乐而不自知。

詹燕飞无论如何也回忆不起来自己第一次走进剧场是什么时候了。也许五岁，也许更早。坐在医院走廊凉凉的塑料椅子上打青霉素吊针的时候，有个叔叔经过，突然惊奇地喊了爸爸的名字。

也许是曾经的老同事，不过明显比爸爸要精神，也更体面。大人的寒暄对幼小的她来说没有任何吸引力，她乖巧地说了一声叔叔好，就转过头继续认真地去看吊瓶导引器里面一滴滴落下的药水。

直到突然感觉有人拍了拍自己的头，她才懵懵懂懂地回过神。两个大人结束了谈话，那个叔叔笑眯眯地说："你女儿长得真可爱，一点儿都不做作，这才是小孩应该有的样子。我说你就领她去试试吧，我跟我们老大打声招呼，绝对比那些人家送来的孩子强。"在詹燕飞的记忆中，这个用无意间的一句话改变她童年的叔叔已经面目模糊，然而她始终记得他随意昂扬的语气。

两个星期后，詹燕飞就第一次站到了舞台上。

"首届'康华制药杯青少年乐器大赛'获奖者汇报演出，现在开始！"

她木讷地跟在其他几个少年主持人身边将这句自己也没办法清晰断句的开幕词讲了出来，哗啦啦的掌声，像是麻木的流水，轻轻地冲走了本属于她的安静童年。

很久之后，当听说余周周顶替自己去参加"康华制药杯故事比赛"的时候，仅仅只有七岁的詹燕飞心中竟然升腾起了一种与年龄不相符的沧桑感。那时候，她从心底里感激这个不知道出产过什么药品的制药厂——它把她们那么多人都推上了光芒四射、受人宠爱的舞台。

后来才明白，其实她们都吃错药了。

在很多小孩子还不懂得世界上有种东西叫作"回忆"的时候，詹燕飞已经开始尝试着在自己的履历表中按照时间顺序列举自己获得的各种荣誉了。每年的省市三好学生、校园之星、优秀少先队员、全国青少年学联委员……从爸爸帮忙写申请材料，到后来她熟练地运用第三人称脸不红心不跳地写出"她勤奋刻苦，是同学们学习的好榜样；她乐于助人，是同学们生活中的好朋友"这种自吹自擂的话。詹燕飞比别人走了更多的过场，见过更多的世面，被很多人一生都无法收获的掌声包围，她的年少时光，绚烂得刺瞎了自己的眼睛。

第一次主持"康华制药杯青少年乐器大赛"的时候，自己并不是主角，充其量只是站在另外三个大孩子旁边的"配菜"，负责少量的幼儿组表演的报幕。手里名片大小的提词卡上写出来的字她大半都不认识，也学着人家装模作样地藏在手里——即使卡片相对她的小手，大得根本藏不住。

有趣的是，她从来不曾紧张过，即使是初次面对暗红色的厚重幕布，还有幕布后面鼎沸的人声。也许那时候太小，小到根本不知道什么叫作面子，所以也不会计较丢丑的后果。

原本这次中规中矩的经历只会成为詹燕飞过往回忆的一个小插曲，可以在长大后惊讶地想起，当年很小的时候，她也在大舞台上面做过主持人的！

可是，上天就在这个时候抛出了福祸莫辨的橄榄枝。

她前脚已经走上了舞台，将下一个幼儿组电子琴表演者的名字和选送单位都背得一清二楚，刚暴露在舞台灯光下，就听见后台老师惊慌的一句："我不是跟你们说了有个孩子今天上不了了，插另一个进去，怎么还让她报这个呢?！"

詹燕飞那一刻大脑一片空白。她刚想要回过头寻找声音的来源，就听见另一个冷静的声音在左边后台里响起。

"我说一句你报一句，别往这边看。"

"电子琴表演者，省政府幼儿园，凌翔茜。"

詹燕飞出奇地镇定自若，她目视前方，保持微笑，用稚嫩的声音报幕："下面一个表演者是来自省政府幼儿园的凌翔茜小朋友，她要为大家表演的是……"

略微停顿。

幕后的声音很快地续上："春江花月夜。"

"电子琴独奏，初江花月夜。"

她并不知道"春江花月夜"是什么，也没听清，可还是顺着声调报了出来，几乎没人听出来这个错误。

然后在掌声中转身，朝后台走回去。舞台灯光熄灭，只留下一道追光，工作人员抱着椅子和电子琴琴架走到台上做准备工作，詹燕飞和那个梳着羊角辫的表演者擦肩而过。

她懵懂地抬头看大家脸上放松而欣慰的表情，突然有个声音响起。

"小姑娘挺有气场的，够冷静。不过走路的时候别驼背，步子也迈得太大了，这个毛病得改。"

依旧是那么严厉冷清的声音。这个声音的主人叫郑博青，少年宫的老师，三十四岁，还没有结婚。在那个年代，这种尴尬的年纪毫无疑问说明她是个孤僻的老姑娘。

老姑娘居高临下地看着她，拽了拽她的马尾辫："这谁给你梳的呀，你妈妈？以后上台别梳这么低，改羊角辫吧，正面观众也能看见，还能带点儿孩子的活泼劲。"

詹燕飞一头雾水，呆呆地看着眼前这个把发髻盘得无懈可击的冷面阿姨。

阿姨也面无表情地回看她，过了好一会儿，才微微笑了一下，露出眼角的纹路。

"叫什么名字？"她问。

"詹燕飞。"詹燕飞说完，顿了顿，突然想起什么似的补充了一句，"……詹天佑的詹，燕子的燕，飞翔的飞。"

这是爸爸妈妈教过的，如果有大人问起自己的名字，就这样回答，也不用在意詹天佑到底是谁。

"詹燕飞……"

阿姨微微皱着眉头不知道在想什么，詹燕飞突然很恐慌，她怕自己的爸妈起错了名字。

然而阿姨很快就蹲下，与她视线相平，不容反驳地说："就叫小燕子吧。"

从那一天起，詹燕飞成为小燕子。

"我今天晚上去我姑姑家，在江边，咱俩顺路，一起走吧。"

詹燕飞回过神来。大扫除已经接近尾声，老师放行，小姐妹们欢呼雀跃地收拾好东西准备撤离，跟她关系很好的沈青走过来拉了她一把，邀她一起回家。

"你姑姑家在哪儿？"

"就你家身后绕过去的那个小区，也就五分钟。"沈青说完，肩膀耷拉下来，很沮丧地补充道，"我姑姑家那个小祖宗，最近简直烦死我了，大人孩子一样烦人。"

所有人抱怨的时候都喜欢找詹燕飞。她总是很平和，笑起来脸上有酒窝，善良温暖的样子，即使发表的评论都是安慰性质的废话，但能让对方心里舒坦，才是真正重要的事。

于是她浅浅一笑，继续问："怎么了？这么大火气。"

沈青摆出一副趾高气扬的样子，昂着头，脖子抻得老长，眼睛下瞟，用鼻孔对着詹燕飞，走路时屁股一撅一撅的。

"看到没，这就是我家那小表弟现在的德行。全家人一起吃饭的时候谁也插不上话，就听我姑姑姑父在那儿夸他儿子，唾沫横飞，一说就一个小时不停嘴，恨不得自己拿毛笔写上'人民艺术家'几个大字贴那小祖宗脑门上然后塞进佛龛里面一天三炷香地供着！"

沈青说话很快，詹燕飞一路因为她的快言快语笑得直不起腰，最后才想起来问："不过，他到底跩什么啊？"

"说出来都让人笑话。"沈青也的确笑了起来，"少年宫汇报演出，他被选为儿童合唱团的领唱。你也知道，儿童合唱团唱歌，男孩子的声音都跟太监似的，不光是男生，经过训练后所有小孩无论男女嗓音都跟一个模子里印出来的似的，整个一量贩式。有什么可狂的呀，真以为自己前途无量了呀？咱们这小破城市，小破少年宫，让我说什么好，我姑父还一口一个文艺圈——我呸！"

沈青还在连珠炮似的泄愤，詹燕飞却走神了。"前途无量"和"文艺圈"这两个词就像磁铁一样，将散落一地的铁屑般的记忆牢牢吸附在一起，拼凑出沉甸甸的过去。

"这孩子是棵好苗子，前途无量。省里文艺圈老有名气了，小孩都认识她！"

他们曾经都认识小燕子，只是后来忘记了。

詹燕飞从来没有如沈青所表演的那样"趾高气扬"过。她记得爸爸夸奖过她，"在浮躁的圈子里，更要做到不骄不躁"——只是爸爸无论如何也无法让妈妈实践这一点。詹燕飞不知道自己家的其他亲戚是否也曾像此刻的沈青一样，在背后腹诽滔滔不绝地"恨人有笑人无"的妈妈。她那句口头禅似的"我们家燕燕……"究竟击碎了多少无辜小孩子的心，她永远无法得知。

长大之后看杂志，奇闻逸事那一栏里面写到过，每当 Michael Jackson 从数万人欢呼尖叫的舞台上走下，灯光熄灭，观众退场，他都需要注射镇静剂来平复心情。这件事情她并不知道可信度有多少，然而却能够理解——被那样多的人围在中央，仿佛站在世界的中心，被当作神明膜拜，如果是她自己，总归也是需要点儿镇静剂的。

她也需要。不是给自己注射，而是给无法接受女儿再也无法出现在屏幕上这一事实的妈妈。

有时候她会胡思乱想。妈妈究竟是为她骄傲，还是单纯喜欢在演出结束后混在退场的观众人群中被指点"看，那就是小燕子，那就是小燕子的家长"？她不敢往深处想。为人子女，从来就没有资格揣测母爱的深度和动机。

"詹燕飞？"

她回过神，有点儿尴尬，不知道沈青已经说到哪里了。

"我刚才……有点儿头晕。"她胡乱解释道。

"哦，没事吧？"沈青大惊小怪地凑过来。她连连摆手，说没事了，已经好了。

"你说到头晕，我还没跟你说呢。其实我姑姑家那祖宗能领唱，多亏了拍少年宫老师的马屁。我姑父不是代理安利的产品嘛，给合唱团那个什么李老师、郑老师上供安利纽崔莱就不知道花了多少钱。有次吃饭，我姑姑老半天也不来，我们就坐那儿聊天干等，回来才知道，他们那个郑老师头晕，去我姑姑她们医院做 CT[①] 不花钱……"

詹燕飞指间有些凉。这个北方的小城，十月末的秋风已经带着点儿凛冽的冬意，她紧了紧衣服，在沈青喘气休息的间歇发表附和的评论："真黑。不过也是你姑姑父乐意上供。"

"可不是嘛！"沈青得到了支持，立即开始列举她知道的少年宫黑幕。詹燕飞一边听一边低头笑，笑着笑着嘴角就有点儿向下耷拉。

不知道这个郑老师，是不是那个郑老师。

"少年宫还能有几个郑老师?!"

仿佛一抬眼，仍然能看见收发室的老大爷，拧着眉毛阴阳怪气地发问。

第一场演出过后，郑博青留下了她的联系方式，交代詹燕飞的爸爸"如果想让孩子有出息，可以交给她"。

热血沸腾的反而是没有去看演出的妈妈。她拨了对方的电话，有些拘谨有些唠叨，电话那端冷淡的声音让她一度无法维持脸上的假笑，挂了电话之后大骂半个小时，却还是拽着她去了少年宫拜访。

只是不知道对方的真实姓名，也不知道隶属部门，只知道姓郑，是个女老师。妈妈赔着笑脸问看门大爷"咱少年宫有没有一个姓郑的女老师"，只得到大爷的白眼。

少年宫还能有几个郑老师?!

詹燕飞没听懂这种语气复杂的话，在一旁怯怯地问："那到底……有几个?"

---

① 计算机层析成像。

老爷爷闻声哈哈大笑，看起来倒是比刚才和蔼多了。

"傻丫头……"他抬起头对詹燕飞妈妈示意了一下，又换成了那副不耐烦的表情说，"二楼楼梯口的那个办公室。"

妈妈气得不轻，也没道谢，拉起詹燕飞转身就走。

门后那声"请进"让詹燕飞一下子想起了声音主人冷若冰霜的脸。

道明了来意，郑博青倒也不含糊，把合唱团、主持班、乐器辅导等项目往詹燕飞妈妈眼前一列："这都是基础课程，为孩子好，基本功不扎实以后没有大发展。"

妈妈被唬得一愣一愣，光顾着点头，却又对这些所谓素质培养的课程后面的收费很为难，正在犹豫到底该不该进行"教育投资"，却听见詹燕飞在一旁天真地问："老师，什么是大发展？"

妈妈打了她的手一下，让她闭嘴。郑博青弯了弯嘴角，凑出一个敷衍的笑容，仿佛懒得回答这种显而易见的只有小孩子才不懂的问题。

很多年后，詹燕飞甚至都不能确定当初自己是不是真的问过这个问题。这是她最初的疑问，也是最终的结局。

大人都是大骗子。

可是他们不会承认这一点。他们会说，没有"大发展"，不是他们的欺骗，要怪，就怪你自己不是那块料。

妈妈回到家和爸爸关起门来商量了很久，中间爆发小吵三四次，最终狠狠心，花钱让詹燕飞上了主持班。

从站姿、表情到语音、语调、语速、语感，詹燕飞始终无法学会那种夸张的抑扬顿挫，虽然教课的老师认为那种腔调"生动有感情"。她太小，没有人苛求她念对大段大段的串联词，她也乐得干坐着，看那些半大的孩子们跃跃欲试。然而那段时间她的好运气愣是挡也挡不住，电视台来选《小红帽》节目的主持人，她成了幸运儿——原因很简单，他们要一个四五岁的孩子，而她正好五岁。只有她。

直到上了初中，有一天语文课讲解生词，她咂摸着一个词，觉得念出来很熟悉，才突然想起，五岁第一次录节目的时候，对于她傻里傻气的表现，导演笑嘻嘻地说出来的那个词究竟是什么。

璞玉。

可惜，那时候她甚至不知道人家在夸她，否则也不会因为自己无法像另外两个小主持人一样摇头晃脑地装出一副天真活泼劲而感到自卑了。

张爱玲说，出名要趁早。

来得太晚的话，快乐也不是那么痛快。

詹燕飞却有些遗憾。

也不能太早。

早得都不懂得什么是名利，也就无从快乐。

她是电视台的常客，出入门的时候收发室的阿姨会朝她和她妈妈点头打招呼，那时候妈妈的腰总是挺得特别直；她是家里聚会时饭桌上的话题人物，在饭店吃饭时，包房里面总是有卡拉OK，大人们会起哄让她拿着话筒来主持饭局，唱歌助兴；她小小年纪就有了日程表，每周四下午电视台录节目，各种演出、晚会的彩排都要一一排开，周五、周六晚上还要按时去少年宫学习主持和朗诵……

所有人都夸她的时候，好像只有郑博青没有给她特别的好脸色，仍然冷冷的，一视同仁，偶尔诡异地笑一笑。每次她参加完什么活动之后，总会被郑博青找去单独谈话，告诉她，不能驼背，语速不要太快，卡壳之后不要抹鼻子拨刘海儿，眨眼睛不要太频繁……

她说一条，詹燕飞就点一下头，乖乖地改。

最大的快乐，并不是成为著名童星。而是有一天，郑老师轻描淡写地说，还行，还听得进去话，都改了，没骄傲。

她雀跃了一整天。

有时候也会面对非议，听到别的家长、孩子说她没什么本事，因为，"都是走后门"。

靠走后门进了电视台，靠走后门进了师大附小，靠走后门当了中队长……

她很委屈，想跟人家理论，她都是靠自己——转念一想，能走得起后门，似乎也不是坏事，还挺荣耀的，索性让他们继续误会下去好了。

妒忌，都是妒忌。詹燕飞学着妈妈的样子挺直了腰杆。

她渐渐长大，渐渐体会到名气带给自己的快乐。相比散场就不见的观众，班级同学的簇拥和倾慕才是实实在在的，看得见摸得着，随时环绕左右。詹燕飞谨记爸爸的教导，不骄不躁，不仗势欺人，甚至做得过了头，有点儿老好人。她用"没什么大不了"的谦虚口吻来讲述电视台发生的趣事，上课上到一半，在一群同学的目光洗礼中被大队辅导员叫出去分派活动，被所有人喜爱，被所有人谈论。

然而长大了的詹燕飞却很少回忆这一段美好时光。

因为她知道了结局。就像看电影，观众如果在电影进行到一半的时候看到了主人公辉煌得意，就知道在三分之二处，这个家伙即将倒大霉，以此来欲扬先抑，迎接结尾部分的反转结局。

詹燕飞没办法回忆，那快乐被后来的不堪生生压了下去。

岁月像一张书签的两面，她想躲开痛苦，必须先扔掉快乐。

"对了，咱们校去年那个考上复旦的学长要回来在大礼堂开经验介绍会，你去听吗？这周六。"

沈青不知道什么时候已经结束了对表弟的声讨，转而进行下一个话题。

"真没想到咱们校也有考上复旦的。"詹燕飞叹气。

"有什么想不到的，就算是振华那么牛的学校，也有只上了本省三本院校的学生啊，王侯将相宁有种乎！"沈青一昂头，和小表弟活脱脱一个模子印出来的。

詹燕飞突然愣住了。

小学毕业的时候，最后的一场典礼，她和同学余周周在后台拥抱道别。

她们都没能进入师大附中或者八中这样的好学校，被打回原籍，或者说，打回原形。

她不无遗憾地对对方说:"你不去师大附中,可惜了。"

余周周是那么聪明耀眼的女孩子。

总是有奇思妙想的余周周看着她,摇头:"有什么可惜的?"

她永远记得眼前的女孩子亮亮的眼睛,里面仿佛有两簇热切的火苗,充满了她看不懂的希望。

"又不是只有师大附中的学生才有出息,有什么了不起?"

詹燕飞心里怅然,旋即拍拍她的肩,说:"我相信你。"

小燕子已经敛翅收心,却还有别人不放弃飞翔的梦想。她遗憾于自己还没有激情燃烧过,就已经经历了一个世态炎凉的轮回。

詹燕飞的童年,实在有点儿太残酷。

仍然记得在她最最春风得意的年头,和余周周并肩坐在省展览馆的大舞台后方等待上场代表全省少先队员发言,那个女孩子突然问她:"詹燕飞,你长大了,想要做什么?"

她问了一个没有人问过自己的问题。

大家往往都省略了询问的步骤,直接笑着说,小燕子长大了肯定能进中央电视台,当大明星,以后能上春晚!

就像郑老师说的,大发展。

詹燕飞自己也不是没有想过,毕竟是个孩子,有那么一点儿内敛的骄傲,一点儿不曾暴露的虚荣心。她喜欢和省里的笑星歌星站在一起合影,喜欢别人眼里高高在上的大领导跟自己握手,和蔼可亲。更多的所谓理想,她并没有打算过。

她渐渐长大,触角渐渐伸向全国。青少年基金会、全国青少年学联……她在这些不知道到底是做什么的组织中挂名担任秘书长一类的职务——当然,秘书长有很多。

原来中国像她一样的孩子有很多。张三父母双亡,勤工俭学,是感动全中国的十佳少先队员标兵;李四家境殷实、书香门第,曾经和美国大使同台对话;王五参演了六七部电影,得过"最佳新人奖"。

她实在不算什么。

井里的蛤蟆，梦想太大，是罪过。

从此之后，别人夸她以后是大明星，她都会深深低下头。

这次，是真的在谦虚。

所以当余周周问起，詹燕飞搜肠刮肚，也找不到一个答案。

小孩子能有多长远的眼光？

詹燕飞却从一个问题里看穿了眼前繁花似锦的迷雾。

她开始担心，这样的光芒，还能照耀多久。

的确没有多久。

《小红帽》改版。三个主持人，都长得太大了。她一夜间脸上冒起了痘痘，本来就因为身材丰润发育较早，现在更是难以继续走可爱路线。童星要胖乎乎的天真劲，少女却一定要清秀瘦削，这中间的转型，却没有留给詹燕飞一丁点儿时间。

詹燕飞拿着橡皮擦，使劲地抹掉自己记忆中所有关于这段时间的痕迹。她那样和蔼谦卑，同学们却仍然不放过幸灾乐祸的机会，好像一个个沉冤得雪了一般快乐。老师翻脸比翻书还快，好像纷纷成了颇有远见的诸葛亮："我早就说过你这样下去不行。"——当初夸奖她前途无量的话，难道都是放屁？

然而她最最无法接受的，是她自己妈妈的转变。

她再也没有听到过那句"我们家燕燕……"，她妈妈看她的神情，就好像她从来就只是一个一无是处的小孩。

"和你爹一样，你们老詹家的种！"

她和小时候一样乖巧地承受了一切，正如当年承受命运抛给她的沉重的机遇，什么都没有说。只是很多事情，她没有想起，并不代表忘记。

那段记忆的最后一笔，却用橡皮擦怎么也擦不掉，清晰如昨日。

她坐在小剧场里，郑博青正指导几个小主持人对串联词。第二天就是少年宫一年一度的汇报演出，重头戏。詹燕飞受妈妈的嘱托，来问郑老师能否给她活动到师大附中去——"就像当年她把你弄进师大附小一样，特招嘛，你们老师看在情面上怎么也应该帮你一把！"

其实妈妈也知道不可能。她没出现，害怕郑博青朝自己要礼。

所以只有詹燕飞自己坐在最后一排。郑博青晾着她，只跟她说，自己找个地方等着吧，她现在正忙。

她微笑地看着周围的孩子，每个人都带着一张"我最重要"的脸，昂着头，很骄傲地行走在"文艺圈"里。

似乎抬起头就能看到眼前的万丈光芒。

詹燕飞笑着笑着，眼泪就顺着眼角滑下来，滚烫。

剧场里有些冷。她不知道坐了多久，终于，排练的演员越来越少，郑博青也开始弯腰在舞台上收拾道具，准备撤离。

"老师。"

她走上去，轻声喊，乱哄哄的台上没有人注意到她这个过气童星。

郑博青回头，依然是那样冷的一张脸。

这个人曾经用冰冷的声音随口对她说，"就叫小燕子吧。"

现在这个借来的名号，终究还是要归还到她那里去。

"你找我什么事啊？"

詹燕飞很从容，摇摇头。

"没事，什么事也没有。老师，我想跟你道个别。"

郑博青终于正视她，诧异地睁大了眼睛，看着詹燕飞朝自己郑重鞠躬。

"你这孩子……"

然而话没有说下去。郑博青看着漆黑一片的观众席，许久，对她笑了，很温柔的笑容。

"詹燕飞，好好学习。"

她用眼神朝她示意周围热烈的一切，说："这些都是瞎折腾，虚的。前途要紧，你也不小了，学习才是正道。"

最后郑重地说："所以，好好学习。"

她终于对自己说了实话。关于前途无量，关于大发展。

她说，那些都是虚的。詹燕飞知道自己应该感谢她的教导和叮嘱，然而那一刻，她颤抖着，克制着，才没有冲上去扇对方耳光。

她只是个无辜的孩子。他们怎么可以这样对她?

詹燕飞轻轻抹了一把脸，手心凉凉的，沾上的全是泪水。

沈青在一旁惊慌失措。她只是问了詹燕飞一句"你以后想考哪所学校，想做什么"——没想到这个好脾气的女孩，竟然呆愣愣地看着她，瞬间泪流满面。

"詹燕飞? 詹燕飞? 你怎么了? 你哭什么——"

詹燕飞摆摆手，不好意思地笑了。

"……没、没，就是想起一些以前的事情。"

她吸吸鼻子，很大声地说。

"我想考师范，当个好老师。"

沈青用询问的目光看向她，眼前的詹燕飞和平时那副温和的样子完全不同，她身上散发着自己从未见过的光彩，仿佛立于万人之中，光华灼灼。

"我想当个好老师，当个好妈妈。"

她又一次重复道。

对未来的某个孩子郑重承诺。

这样，我就可以将我曾经没有得到的所有的爱与尊重，统统给你。

辛美香番外
37.2℃

・他只把这个当作一般的恭维和礼貌，甚至从来都没发现他那个平常的家究竟有什么可以让别人羡慕的。那种理所应当的笑容，让辛美香深深叹息。

"饿瘪了。"温淼往桌子上面一趴，毛茸茸的头发梢随着动作轻轻摆了摆，像初秋迎风招展的狗尾巴草。

"你早上没吃饭？"

辛美香下意识动了动嘴唇，想说的话却已经被左前方的余周周说了出来。

那么自然，语气熟稔亲切，辛美香不禁在小失望的同时，心里一阵轻松。

如果被自己说出来，一定很生硬吧，一定很拘谨吧，一定会被听到的人……想歪吧？

怎么会像他们那样理所当然，那样好看的姿态，亲密的态度，举手投足都带有一种不自知的矜傲。

辛美香低头继续在演算纸上推算电路图，只是自动铅笔芯"啪"地折断，断掉的一小段飞向了左边隔着一条窄窄过道的温淼。她的目光顺着铅芯飞行的路径看过去，温淼正可怜巴巴地趴在桌上，脸正仰着，抬眼望向前方余周周的后背，额头上皱起几道纹路，右手却不消停地揪着余周周的马尾辫。

"我说，你肯定有吃的吧？我发现你最近好像胖了，真的，脸都圆了，你怎么吃成这样的啊。二二，交出来吧，你肯定有吃的……"

在马远奔幸灾乐祸的夸张笑声中，余周周一言不发，抓起桌子上的《现代汉语词典》回身拍了过去，动作干脆，目光清冷，辛美香甚至都听到了温淼的下巴撞到桌子时发出的沉闷声响。

"十吗拍我？"温淼跳起来，捂着下巴嗷嗷大叫，"你想拍死我啊？"

余周周眯起眼睛，笑得一脸阴险："你知道的太多了。"

辛美香收回目光，努力将思路接续到未完成的电路图上，然而题目已知条件中剩下的那一段电阻就死活不知道该放到路径中的哪一段。

"该死的，初三刚开始，距离中考还有一整年呢，急什么啊。把早自习提到七点钟，我六点多一点儿就要起床，怎么起得来啊，赖一会儿床就来不及吃早饭了嘛……你到底有没有吃的啊，还是你已经都吃进去了……"

温淼无赖的声音细细碎碎响在耳畔，那一段无处可去的电阻横在辛美香的脑海中，仿佛一条无法靠岸的小舟。

"二二，这是你的？"最后一刻冲进教室的温淼一屁股坐到椅子上，拎起桌上的茶叶蛋，用空着的那只手轻轻戳了戳余周周的后背。

余周周回身看了一眼，用一副"我们早就注意到了"的八卦表情，笑嘻嘻地回敬："我可不下蛋。"

马远奔迷迷糊糊地补充道："我刚来就注意到了，不知道是谁放在你桌子上的。你问问来得更早的人吧。"

辛美香立刻全面戒备，甚至自己都能感觉到后背绷了起来。她到教室总是很早，他们都知道的，如果温淼问起来，如果温淼问起来……

然而温淼只是环视了一周，"嘿嘿"笑了一声，就非常不客气地伸手开始剥蛋壳了。

辛美香听见心底有一声微弱的叹息。

她没有很多零花钱，或许也只能给他买一次早餐而已了。

不过，好歹也像小说里面的女主角一样，偷偷给自己喜欢的男生买过一次早餐了。小心翼翼地拎着，鬼鬼祟祟地放在他桌上，谨慎珍重，若无其事，一举一动都让她有一种存在感。

存在感。仿佛上天正拿着一架摄像机远远地拍着，而她怀揣着隐秘的情感，正不自知地扮演着一个甜美故事的主角。

辛美香抬眼看了看正因为温淼吃东西声音太大而用字典猛拍他脑袋的余周周，复又低下头去，心中那种难以言说的压迫感仿佛减轻了不少。

不知道为什么。

就好像原本那部拍摄无忧无虑的主角们的风光生活的纪录片，被她这个隐秘的行为扭转成了一部有着深刻主题和独特视角的青春文艺片。

她这样想着，微微笑起来，余光不经意间捕捉到了温淼的视线。

对方剥着鸡蛋壳，目光轻轻扫过她，没有一秒钟的停留。

辛美香的笔尖停滞了一下，复又匆匆写了下去。

连做个白日梦都不行吗？这么快就戳破。

窗外太阳正在楼宇间攀升。漫长无梦的白日才刚刚开始。

有时候辛美香抬起头，看到余周周和温淼桌子附近围绕着的询问解题方法的同学，会有那么一瞬间的羡慕。

此时的辛美香已经稳居班级前五名，虽然不能撼动余周周的领先优势，却显然比万年第六名的温淼的实力要强得多。

可是从来没有人向她请教过问题。

也许因为这个混乱的学校中原本就少有人认真学习，仅有的几个已经习惯于向余周周和温淼询问；也许因为她曾经是大家眼中的白痴，碍于面子谁也不会真的"不耻下问"；也许因为辛美香顶着一张万年僵硬的"少他妈烦我"的脸——当然，这句话是温淼说的。

那时候辛美香没能够控制好自己的表情，间或流露出了一副羡慕的神情，被日理万机的余周周捕捉到了。

她开着玩笑说："美香你倒是来帮帮忙嘛。"语气中带有一丝假模假式的嗔怪。

余周周式的温柔和善解人意。

带着一种小说和电影中的主角光环，晃瞎了旁人，偏偏又显得那么周到，无可指摘，最最可恨。

辛美香本能地想要拒绝，却又不想要在场面上输给万人迷的余周周，挣扎了一下，带着勉强的笑意，徒劳地动了动嘴唇。

"得了吧，就她顶着那张'少他妈烦我'的脸？借我三个胆我也不敢去问她啊！"

就在这一刻，温淼戏谑的笑声响起来，余周周又是不由分说抄起词典回头砸过去，辛美香趁机低下头，冷着脸证实了温淼的调侃。

放学回家的时候，余周周一边收拾书包一边和温淼斗嘴，话题渐渐又转移到了余二二这个名号上面去，温淼一副沈屾亲卫队的态度肆无忌惮地嘲笑着余周周，辛美香在一边听得心烦意乱。

不一样。温淼还是那张讨人嫌的刀子嘴，可是不一样。

她们得到的，不一样，就是不一样。

然而余周周话锋一转："对了，我觉得美香有点儿像沈屾。"

一样少言寡语，一样顶着一张"少他妈烦我"的脸，一样拼了命地学习。

温淼却又大声叫了起来："哪儿像啊？"

辛美香拎起书包转身出门。

对，温淼说得对。

她们不像。

沈屾哪里有她这样贪心？

辛美香再一次抬起头看向铅灰色的天空，这个城市的冬天这样让人压抑。她甚至开始想念夏天的时候窗外围坐在自家小卖部门口，光着膀子打麻将喝啤酒骂娘的叔叔们了。有他们在，至少父亲有地方可以消磨，母亲的怒火也没有目标发射。她可以蜷缩在安静的小屋角落，像一条冬眠的蛇，等待不知什么时候才来的春天。

而现在，她就不得不在逼仄的室内面对争吵不休的父母。那些恶毒粗俗的彼此辱骂让辛美香下定决心在新年的时候鼓起勇气要一个礼物。

她需要一个随身听，听什么都行，只要听不到他们。

正这样想着，她偏过头，看到余周周随手将银白色的 SONY CD 机放在了桌上，用右手掏了掏耳朵，疲累地趴在了桌子上，好像最近几天格外虚弱。

不知怎么，她突然心生向往，斜过身子伸长胳膊捅了捅余周周的后背。

"怎么了，美香？"余周周轻轻揉了揉眼睛。

"你的那个，借我行吗？就听一会儿。"

余周周身后的温淼也正在听音乐，一边做题一边陶醉地哼着歌。

"你拿去吧，"她大方地一笑递给辛美香，"我突然头疼，好像有点儿发烧，不听了，你先拿去吧。"

辛美香用拇指和食指拈起耳机，分清楚了 L（左）和 R（右），然后轻轻地塞在了耳洞里。

余周周忘了关机器，于是苏格兰风笛声如流水般倾泻入辛美香的脑海。

她侧过头看到同样戴着白色耳机的温淼，想象着自己此刻的样子，突然间鼻子一酸，沉沉低下头去。

然而那台机器余周周最终忘记从辛美香这里要回去了。她还没到放学就请假回家了，因为发烧，脸红通通。

直到她离开前一刻，温淼仍然调皮地伸出手指搭在她脖颈后方故作认真地问："熟了？"

然后一本正经地跟张敏打报告申请送余周周回家。

辛美香不禁微笑。这就是她眼里的温淼。

有那么一点点调皮捣蛋，却十分有分寸，温和无害，又有担当。

和她从小喜欢的小说中那种光芒耀眼的男孩子不同，温淼不是简宁，温淼甚至都不是任何一个能说得出名字的角色。

然而辛美香自己完全说不出理由。余周周和温淼都是那样值得她羡慕或者妒忌的人。

她却独独厌恶余周周。

因为温淼是男孩子吗？

或者，因为别的什么？

那天晚上辛美香心满意足地戴着耳机坐在昏黄的小台灯下，顺畅无阻地连接了电路图，身边的父母例行的叫骂声仿佛被隔绝在了彼端，只留下她独自在此端甜蜜微笑。

她时不时地偷瞄一眼窄窄的蓝色屏幕上面的电量标识。余周周毕竟没有借给她充电器，一旦没有电了，手中银白色的圆铁盒就只是一个能充门面的摆设——然而她根本不是主人。

她们每天晚上都可以这样度过，一边学习，一边听歌，不用担心没电，不用担心真正的主人讨债。她，他，他，她们，都可以。

只有她的这个晚上是偷来的。

但是总有一天。

辛美香的思路乘着那段电阻在脑海中悠然地飘。

总有一天。

第二天便是星期六，辛美香看着窗外被凛冽寒风摧残的树枝，踌躇了一番，还是背起书包出了门。

余周周剃头挑子一头热，辛美香早就不想再去那个破旧图书馆参加什么学习小组了。

在那里的学习效率比在家里还要差。因为另外两个活泼快乐的成员总是妙语连珠地斗嘴。然而明知道今天余周周可能因为生病无法到场，辛美香还是去了。

也许是抱着一份自己也说不清的希望。

她坐在冷冰冰的破旧桌椅前，用冻僵的手把书本一点点从书包中挪出来。门口的老大爷依旧在看报纸，桌上一个茶色罐头瓶里，热茶水飘出袅袅白汽。辛美香顶着那温暖的所在愣了一会儿，就低下头抓紧时间看书了。

只是心里有点儿酸楚。

果然，没有来呢。

太阳不在了，地球都不知道该围着谁转了。

辛美香转过头把刚才没敢拿出来的 CD 机放在了桌上，插上耳机——唯一庆幸的是，她不用再担心需要归还 CD 机了。

这张 CD 真好听，《爱尔兰画眉》。辛美香在心里默默记住了这个名字，嘱咐自己，如果有一天，她买了 CD 机，一定要记得去寻找这张CD。

如果有一天。

有那么一天吗？

总有那么一天。

辛美香想着想着，眼前就有雾气氤氲。突然听见那扇老旧的门被推开时发出的"吱呀"声，来不及抹掉脸上的泪，就看到温淼丢盔卸甲地冲了进来，外衣敞着，头发乱着。

"什么鬼天气啊，再吹一会儿我就散架子了。"

辛美香不由得笑开了怀。

"散架子了你可以兵分三路到这里会合。"

温淼本能地龇牙想要反驳，却忽然闭上了嘴巴。

也许是不习惯眼前如此伶俐活泼的竟然是那个一脸"少他妈烦我"的辛美香。

两个人都静默了一下。

最后还是温淼恢复了大大咧咧的本性，一屁股坐下："余周周来不了了。"

辛美香小心翼翼地问："那……你怎么还是来了？"

温淼没有笑，抬眼看她。

辛美香有些慌，慌张地笑了一笑："今天天气这么不好。"

温淼把下巴支在右手上，挑挑眉毛："你不问问你小姐妹为什么来不了了啊？"

辛美香愣了一下："她为什么……"然后吞下了后半句，"我是说，她……她还发烧吗？"

温淼做了鬼脸，眨眨眼："不光发烧，还起了一身的青春痘！"

辛美香反应了好一会儿，时间长得足以将温淼的宣言拖成一个冷笑话。

温淼脸上的失望溢于言表。

辛美香忽然不知道哪儿来的一股愤怒。她憋着一口气，硬是不再虚情假意地询问余周周："我问你，那你为什么还来？"

温淼无辜地眨了眨眼睛："我又不知道你家电话，怎么通知你活动取消啊？你一个女生大冷天哆哆嗦嗦坐在这儿干吗？走走走，我送你回家！"

辛美香这才注意到温淼根本没有背书包。

"没有我家电话你可以问余周周。"

"我又不是猪，后来当然打给你了，你都出门了。"

辛美香的心忽然被攥紧了。

谁接的电话？她父亲还是母亲？是那个话都说不明白的酒鬼还是不分青红皂白上来就破口大骂的泼妇？

她微微闭上了眼睛，不想再看温淼的脸，好像这样温淼就看不见她了一样。

"快走吧，我送你回家。"

她轻轻摇了摇头："不用，我要在这儿学习。"

并不是赌气。她只是单纯地不想要温淼看见自己家，就像守着什么不可告人的案底，舍得一身剐。

然而温淼却突然执拗上了，辛美香很欣赏的温淼身上那点儿责任心最终砸了她的脚。她一直用余光观察着在一旁伴着窗外呼啸的北风悠然自得哼歌看杂志的温淼，笔尖下的方程式如何也配不平了。

温淼惬意地将两只脚抬高搭在桌沿，眼睛一瞟就发现了辛美香手边的 CD 机。

"余周周的吧？你还敢听？她碰过的东西，现在上面一定长满了水痘病毒，一个个跟蘑菇似的迎风招展哪！"

辛美香一惊，下意识要摘掉耳机，看到温淼嘴角促狭的笑意，就冷下脸继续做题了。

然而他就是不走。

辛美香越是拖下去，心里越凉。最后还是熬不住了，英勇就义般站起身，说："回家。"

她走在温淼后面，磨磨蹭蹭。这边温淼刚刚推开门，猛烈的北风就迎面一击把门板甩了回来，他一个趔趄向后猛退，一不小心踩在了辛美香的脚上，两个人一起摔倒了。

辛美香倒在地上捂住左脚踝，疼得说不出来话。温淼慌了，围绕着她像苍蝇一样嗡嗡乱转，可无论怎样询问，辛美香都顶着惨白的脸一声不吭。

那副表情，似乎回到了被徐志强逼到墙角紧抱书包的时候，心中存着一口气。

然而无论是害怕别人发现自己偷书的事实，还是害怕别人看到自己破败的家和父母，这本来都不应该是执着的事情。

温淼几番询问辛美香家的地址未果，最后急得一拍脑门："算了算了，我背你去我家吧，就在马路拐弯那个小区。"

辛美香的呼吸差了一拍，不可置信地仰头看着面前这个青春痘勃发的微笑少年。

辛美香进了门就堆砌一脸紧张的假笑，在温淼母亲的热情招呼下，低下头，慢慢地解开鞋带。

她希望眼前的温淼和他妈妈都赶紧离开，不要盯着她。

辛美香知道自己早上穿的这双袜子破了一个洞。可是她来不及补了，在换拖鞋的时候被主人盯着，那是一种怎样的凌迟，她现在终于知道了。

幸好温淼看她太磨蹭，已经不耐烦了，转身冲进了房间朝妈妈要水喝。温淼妈妈是个矮胖的女人，眼角有多年笑容堆积起来的鱼尾纹，面相格外亲切和善，声音也沙沙柔柔的，让辛美香想起温暖的毯子，不知道为什么。

"叫美香对吧？快进来吧，你坐在凳子上慢慢换，我去给你倒水。"

辛美香松了一口气，趁机换上拖鞋，缓步走到沙发边坐下。

整洁温馨的小家庭，两室一厅，房子算不上大，装修算不上好，然而那种干净幸福的感觉漫溢在空气中，辛美香不敢用力呼吸。

她从来不敢请任何一个同学到家里去，更别提这种突然袭击了。

脚已经不怎么疼了。她拘谨地坐在沙发上，不知道接下来的时间该如何打发。

她没做过主人，也没做过客。

然而温淼妈妈有着丰富的主人经验。她带来了可乐、水果、美国大杏仁，摆了一茶几，然后笑容满面地坐在辛美香旁边，询问她脚还痛不痛，学习忙不忙，想考哪所高中，温淼在学校有没有淘气，有没有相好的女同学……

问到最后一个问题的时候，温淼从自己房间啃着苹果杀出来："妈，你怎么那么三八？"

温淼妈妈伸手直接拧住了自家儿子的耳朵，温淼杀猪一样大叫，辛美香不由得笑起来。

眼睛紧盯着鹅黄色的新墙纸，笑着笑着，心里就开始轻轻叹息。

"美香啊，你每天早上都几点钟起床啊？"

"六点。"

温淼妈妈立刻摆出一副"你看看人家"的表情。

"我家这个祖宗啊，每天六点四十才勉强能从床上拖下来，七点钟就要上自习，结果好不容易给他做的早饭，一口也吃不上，这不白折腾我呢吗？"

"没有，妈，我心领了。"

"边上待着去！"温淼妈妈用不大的眼睛努力翻了个白眼，"一会儿的酱排骨我就搁心里给你炖得了！"

温淼摊手："那估计您儿子今后就永远活在您的心中了。"

温淼妈妈反手抄起鸡毛掸子就是一棍，温淼反射性地向后一跳，刚好躲开，动作行云流水，配合默契，辛美香在一边看得目瞪口呆。

旋即有些黯然。

幸福是那么平易近人，近在咫尺，却又只能活在她的心里。

温淼的妈妈强留辛美香在家里吃饭，她坐在饭桌的一边，默不作声。温淼的父母并没有对她过分客气和热情，在饭桌上面我行我素，并没有因为多出一个人而和平常有什么两样。温淼妈妈一直在给他们两个孩子夹菜，一直受到温淼的抗拒，两个人一直拌嘴，偶尔会因为打扰了父亲看《新闻联播》而得到一句"小点儿声！"——却也是温和的，带着笑意的。

她只是坐在温暖的橙色灯光下，听从温淼妈妈热情的劝告，来者不拒，低头往嘴里不住地扒饭，不知不觉就吃了太多，撑得想流泪。

吃完饭才觉得微微有些头晕。温淼妈妈看出了她的异常，用手轻轻抚着她的额头，说："有一点儿热，不严重，淼淼，去拿体温计来！"

37.2℃，不高不低，勉强算得上低烧。辛美香只觉得耳垂脸颊都温温的，脑袋也晕晕的，前所未有地快乐，也前所未有地难过。她趁机依偎在温淼妈妈暖和厚实的怀里，假装自己病得很严重。

37.2℃，整座房子都是37.2℃，温淼也是，温淼的爸爸妈妈也是。最合适的温度，而她只是被传染了。

然而到底还是该走了。

温淼妈妈用力给辛美香拉紧大衣，罩上帽子，朝她笑得非常温暖："以后常来玩，现在也认识门了，帮阿姨督促温淼好好读书，别总是瞎贫瞎玩。他的小伙伴我就知道一个余周周成绩还挺好的，美香也是好学生，帮阿姨盯着点儿他！"

辛美香不好意思地点头，温淼赶紧一把将她推出了门："行了，还让不让人家出门了，你能不能别见到一个鼻子眼睛长全了的就让人家看着我啊？你儿子是流窜犯啊？！"

温淼带上门，把他爸爸妈妈的嘱托都关在门里面，然后转过身，难得正经严肃地说："送你回家，快点儿走吧，这么晚了。"

不知道是不是心理作用，跟在温淼身边，辛美香觉得似乎不那么冷了，那37.2℃的余温残留在身上，迷迷糊糊中，半轮月亮仿佛穿着带毛边的衣服一般，绒绒的，很可爱。

也许是太舒服了，有些话糊里糊涂就出了口。

"温淼，我一直觉得你很聪明。"

温淼难得没有叉腰大笑"哈哈哈，我本来就一表人才"，而是沉默着听，仿佛在等着下文。

"……所以，我觉得，也许你那么一努力，就真的能成为第一名。"

辛美香说完了自己都愣了一下。

静默了一会儿，温淼又恢复玩世不恭笑嘻嘻的样子："得了吧，我还是给余二二留点儿活路吧，我一聪明起来就怕她心理承受不——住——啊!!"

辛美香顿了顿，突然转了话锋。

"你爸爸妈妈真好，你家……很温暖。"

温淼只是听，看着她，笑了笑。

他只把这个当作一般的恭维和礼貌，甚至从来都没发现他那个平常的家究竟有什么可以让别人羡慕的。那种理所应当的笑容，让辛美香深深叹息。

无论如何，辛美香知道自己不该提聪明和第一名，只是她不清楚到底是因为得罪了温淼在乎的余二二，还是得罪了温淼的某些她说不清楚的处世哲学。

以至于之后的一路，他们始终无话。

下一个拐弯就是辛美香家的小卖部，她忽然站定，对温淼说："就到这儿吧，前面就是我了。"

温淼扬起眉，似乎想要坚持送佛送到西。

然而辛美香终于鼓起勇气，轻轻地说："我家和你家不一样。"

暖融融的月光只有虚假的嫩黄色温度，寒风刺骨，吹乱辛美香额前新剪的刘海儿——除了余周周，竟然没有任何一个人发现，辛美香换了发型，她现在梳着齐刘海儿了。

温淼站在原地静静咀嚼着这句话，脸上并没有流露出那种伤人的恍然大悟，只是笑笑说："好吧，你回去吧，平安到家了往我家里打个电话吧。"

辛美香知道对方懂了，甚至不敢猜测温淼的臆想中自己的家会是什么样子。他看到了自己破洞的袜子，听到了电话里面她放不上台面的爸爸或妈妈的应答，更是明白了那句"我家和你家不一样"。

不知道是不是为了那可怜的面子，她转身落荒而逃，依稀听见温淼的喊声被风声吞没。他说了句什么，那句话和她身上残余的37.2℃被一同冷却，遗留在拐角。

她要面对的到底还是那个破旧的小卖部，破旧的小牌匾，还有满怀的北风凛冽。那才是辛美香。

有什么好丢脸的呢？她扬起头逼回眼泪。

当年站起来一言不发被所有老师当作傻子一样训斥的时光，都牢牢刻印在周围每一个同窗的记忆中。早就没什么好丢人的了。爸爸，妈妈，残破的、无法邀请同学前来吃晚饭的家……这都远远没有辛美香自己丢人。

所以才要离开。远远地离开，直到周围没有一个人认识十五岁以前的辛美香。

直到她根本不再是辛美香。

然而出乎她意料的是，之后的温淼反而对她和气熟悉得多。也许因为余周周得水痘，不得不在关键时期闭关，所以一向吊儿郎当的温淼主动承担起了家庭教师和邮递员的角色，每天为她整理习题和卷子，而当中一大部分卷子，都来自辛美香。

他们有了一个光明正大的话题可以讨论。他会跑过来催促她写卷子，她也可以指着卷子的各个部分说明注意事项，要求温淼来传达……更重要的是，辛美香发现，温淼在隐约知道了她的家庭背景之后，并没有表现出疏远或者同情，只是很正常。

难得的正常。

有时候温淼为了抄卷子会坐得离她近一些。辛美香感觉到耳朵又在隐隐约约地发烧，晕晕的，很舒服。

37.2℃的低烧。

热源在左方。

直到一脸水痘的余周周出现在收发室的透明玻璃背后，温淼把大家都叫上去看她，辛美香也是第一次有机会和沈屾并肩走在一起。

两个人的确有些像，同样寡言和阴沉。

她走到一半，轻声问温淼："喂，我和沈屾到底哪里像？"

温淼嗤笑："我不是早说过你们不像嘛！"

辛美香再次反问："为什么？"

温淼耸肩："我说不像就不像。"

被当作观赏猴子的余周周气急败坏地朝着温淼喊些什么，外面的辛美香等人听不见。温淼开心地大笑，又做鬼脸又敲玻璃，甚至还从书包里面掏出了一根香蕉假装要投喂，把余周周气得抓狂。马远奔在一旁添油加醋，两手食指拇指反扣装作是照相机在取景，而沈屾，也破天荒地笑了起来。

辛美香那一刻忽然恍神。

她其实从来都不想要余周周康复归来。

当年那个会帮助余周周往徐志强凳子上撒图钉的辛美香已经淹死在了岁月的洪流中。此时的辛美香，已经攥着一把图钉无差别地扔向这个世界。她那一刻疯狂地妒忌，多么希望玻璃罩子里面的那个猴子是自己。她了解余周周表面的气愤之下是满满的感动和快乐。

一种真正被爱的快乐。

有一瞬间她将里面的余周周置换成了自己，想着想着，脸上就浮现出一丝腼腆的笑容。

回过神来，余周周竟捕捉到了这个心不在焉的笑容，并在朝她感激地笑。

辛美香刹那间明白了自己和沈屾的区别。

沈屾只想要第一名。她可以不穿漂亮的衣服，不在乎人缘，不在乎一切，只要第一名。

而辛美香，她想要变成余周周，又或者说，变成余周周们。

她们招人喜爱，家庭幸福，生活富足，朋友众多，成绩出色，前途远大，无忧无虑。

辛美香何其贪心。

当辛美香超过了余周周成了第一名的时候，她就知道，这场所谓的友情结束了。

她不再接受余周周莫名其妙的恩惠和友好，她给了对方一个真实的辛美香。

自私，阴暗，雄心勃勃。

余周周这个所谓的小女侠，果然无法忍受被自己同情的对象抢走宝座。辛美香心里冷笑，看着对方趴在桌子上掩盖不适。

却在此刻听见温淼大声地安慰余周周说："你考第五名嘛。"

"你考第五名嘛，这个比较有技术含量，而且我还把我前面的名额让给你。"

温淼温暖的声线盖过了辛美香心底的暗潮拍击。

她后来没有再怎么见过温淼。

他在她印象中说过的最后一句话，是对另外一个很快就重新夺回了第一名的女孩子说："你要不要考第五名？"

后来辛美香到了没有人认识十五岁以前的她的振华，后来辛美香真的不再是辛美香。

甚至后来，她喜欢上了一个和自己一样拥有逼仄的青春的男生，这个男生没有青春痘，备受推崇，帅气优秀，却和她一样被什么东西捆绑住了翅膀。

她甚至觉得扯下那张皮，对方就是另外一个辛锐。

她不知道自己是喜欢他，还是因为恨另外一个女生，又或者干脆是同类相吸，又或者是钦佩对方的伪装比自己还要严丝合缝……

然而那种温暖的感觉再也没有，那种天然的想要靠近的无法控制的感觉再也没有。

那种阳光的味道。

只有温淼身上才会有的味道。

即使此时此刻跟在淡漠的余周周身后的那个叫林杨的男孩子有着和温淼相似的笑容和相似的斗嘴恶习,辛美香仍然知道,温淼是不同的。

温淼不会执着地追着余周周死缠烂打,温淼不会被余周周操纵喜怒哀乐,温淼不是太阳。他不会照得人浑身发烫。

他,他的家,都只是阳光下被晒暖的被子,卷在身上,恰到好处微微的热度,刚刚好是低烧的微醺。

因为她什么都没有,所以才本能地接近和向往。

然而对方终究不屑于去温暖她。

很久之后,当辛锐从一个小个子口中得知余周周见不得人的家事之后,那个瞬间她忽然听清了晚上送她回家的北风中,温淼临别前最后喊的那句话。

很朴素很朴素的一句话。

"你怎么老觉得别人过得一定比你好啊?"

辛锐忽然自嘲地笑起来。

世界上比温淼优秀聪明幸福的人有千千万,可是他不觉得别人比他好。

他不觉得,所以他最快乐。

辛锐曾经想要就此顿悟,奈何有些事情,开始了就无法结束。

比如,辛美香想要变成辛锐,辛锐想要变成别人。

因为做别人更幸福。

小卖部即将拆迁前,她蹲在家里收拾东西,无意中被阳光下的杂物堆晃疼了眼睛。

走过去一看,那闪亮的东西,竟然是银白色的 CD 机。

水痘之后,余周周和辛美香的关系迅速尴尬起来,CD 机早就没有电了,她也不再听,却忘记物归原主。

时隔三年多。

CD 机在阳光下躺了有一阵日子了,手轻轻触上去,温暖的感觉,仿

佛那个低烧 37.2℃的晚上，她在一个幸福的小家庭里，吃撑了，很想要
流眼泪。

　　不久之后，毕业典礼，余周周朝她道谢。

　　直到那时辛美香仍然会因为这声谢谢而感到一点点厌恶。

　　厌恶她们这样的故作姿态，这样的矫情。余周周，凌翔茜，无一不
是如此。

　　把日子经营得像个电影，什么事情都要个了解，好像别人活该给她
们配戏。

　　余周周怀念的一切，哗啦棒、图钉、《十七岁不哭》，辛美香都不
留恋。

　　直到余周周说起："谢谢你在我长水痘的时候来看我，在玻璃外面对
我微笑。"

　　辛锐嘴角忽然扬起一个嘲讽的笑容。

　　那时候她是为了自己笑，那时候她眼中没有余周周，那时候，她幻
想着被温淼等人围在正中关心的，是自己。

　　她每次微笑，都因为她以为自己是别人。

　　因为总有一天她会变成别人。

　　即使温淼说，别人未必幸福。

　　辛锐不知道。

　　她只知道，做自己，一定不幸福。

周沈然番外
喜马拉雅山的猴子

·是他们塞给他一个余周周，所有的争吵和不幸福都叫作余周周，然后他们告诉他：你要忘记余周周，你要当她不存在。

"你有没有听过一个故事？"

周沈然抬起头，身边的余周周好像是在对他讲话，却没有看他，仍然全神贯注地盯着书架，不知道在寻找什么书。

他不明白对方怎么能这么轻描淡写地跟他搭话，就好像他只是她的一个久未谋面的小学同学，还是不怎么熟悉的那种。

但还是不受控制地开口问："什么故事？"

"关于喜马拉雅山的猴子。"

在家里被妈妈叨得要崩溃，他不得已，以买考研辅导书的名义出来闲逛，没想到在书店的角落看到一个熟悉的身影。

三年不见，对方不再梳着马尾辫，只是一个背影，他就一眼认了出来。

书店里读者寥寥，那一瞬间他突然感觉到头顶艳阳高照，一低头仿佛又变成了那个瘦小的鼓号队员，穿着硬邦邦的绿色号手服，胸前还有一串丑到极致的白色装饰穗。

那时候，这个女孩子并没有穿鼓号队服，是绿色海洋中唯一一抹亮色。她在洗手池前呆站了很久很久，不知道是不是被施了定身咒。

在大队辅导员指挥下，大家整好队朝着洗手池的方向靠拢，周沈然侧过脸突然看见自己班里面那几个个子高高的男生正混迹在打小鼓的女生群中，不知道说了什么，惹得周围一片嬉笑。他们的脸上也显露出一丝嗫瑟，尚显青涩，但总会随着年纪越来越驾轻就熟。

那样旁若无人，在阳光暴晒下，散发着干爽的年轻的气息。

世界上总有一种人，无论他们是六岁还是十六岁，总是站在人群中心。他们不记得身边面目模糊的别人，可是别人翻阅自己的青春时，每一页都有他们。

周沈然无论如何也无法抹干净自己的青春纪念册。他的纪念册里面好像都是别人在抢镜，人海中，遍寻不到自己。

周沈然三年级时跳了一级，刚到新班级，老师像关照幼儿园小朋友一样嘱咐班级的其他同学照顾他——他隐约知道，老师关照的不是他，而是他妈妈。同学们一开始对他的好奇也渐渐消散。周沈然个子小，面目普通，黑瘦黑瘦，站在哪里都不起眼。

他原来的班级里有个泼辣的小姑娘总是爱用话呲儿他，虽然有时候说话有些过分，他会气红了脸大声说："我给你告老师，我要去告诉我妈……"

大家会哄笑，说他这么大的人了还总把妈妈挂在嘴边。小姑娘笑得格外灿烂，"嘎嘎嘎"的笑声像一只活泼的小鸭子，周沈然听着这样的笑声，突然发现自己其实好像也不是那么生气。

即使她总是说："你老是跟着我干吗，贱不贱啊？"

可是心里还是有点儿甜丝丝的，被关注，总是快乐的。

不过后来，那个女孩子还是被老师狠狠批评了。周沈然不知道自己妈妈是怎么知道宝贝儿子在学校被欺负被骂的——她总是有途径知道自己的一切。女孩子满脸通红，哭着回班，当着大家的面念检讨书，抽抽噎噎，眼泪扑簌簌往下掉。

周沈然被钉在座位上，不知道该说什么。他想告诉她，他其实没有告老师，也没有告诉他妈妈。

真的没有。

那女孩从此之后一句话也没对他说过。其他人也没有。

周沈然跳级的那一天，他妈妈半蹲下身子为他正领子，领他去新班级。他用余光瞥见那个女孩子坐在前排面无表情地看他——他一点儿都没有感觉到妈妈所说的那种"欺负你的人到时候肯定都抬不起头，你能跳级，比他们都聪明都优秀，到时候他们肯定都不好意思看你"——他突然觉得很孤单。

原来这种感觉是孤单。

在四年级的新班级里面，他重新成了一个影子，甚至连和他一样比别人小一岁的蒋川也都有自己的伙伴圈子，尽管蒋川跟在凌翔茜和林杨背后总像个拖着鼻涕的小跟班，却也让周沈然很羡慕。

他们的家长彼此相熟，有时候会一起吃饭，大人在饭桌上的话题总是很无聊，他们早早下桌，跑出饭店包房，蹲在酒店大堂里四处巡视，观察待宰的甲鱼、鳟鱼、黄鳝、乌鸡。另外三个人凑在一起说得热闹，他想插一句话，思前想后，却总是不知道应该说什么。

"长须子的鲇鱼好像老爷爷。"

凌翔茜总是喜欢把一种东西比作另一种东西，蒋川在一边点头如捣蒜，林杨则不屑地摇头："哪儿像啊？"

"凌翔茜说像就像。"蒋川钝钝地说，吸了吸鼻涕。

"凌翔茜是你妈啊？"林杨对着鱼缸抓狂，凌翔茜气红了脸，三个人拌嘴拌得乱七八糟，周沈然正待开口，突然看见蒋川妈妈远远走过来。

"你们几个别出门，别跑远了，好好玩——"说完又看了一眼周沈然，堆出一脸慈爱的笑，说，"别光顾着自己玩，带着沈然，他是弟弟，你们得照顾他。"

永远是这样。

他宁肯在别人的圈子外冥思苦想逡巡不前，也不愿意被大人轻率地推进去，成为一个异类。你们要照顾他，你们要带着他——他成了被托付的任务，他们讨厌他，脸上却是一副不敢讨厌的表情。

蒋川妈妈的笑容似乎是对着他，又好像穿过了他，笑到了他背后去。

凌翔茜无奈地撇撇嘴，突然说："周沈然，你觉得鲇鱼像不像老头？"

周沈然措手不及，张口结舌半天，余光瞄了瞄蒋川妈妈的笑容，于是狠狠点点头。

林杨更加不屑地抱着胳膊看他，蒋川则好像气闷于凌翔茜的跟班数量超出了唯一编制，而凌翔茜，胜利完成了"照顾周沈然"的任务，继续蹲在鱼缸前观察鲇鱼，仿佛根本没注意到他的回答是肯定还是否定。

之后他们三个继续斗嘴，周沈然讪讪地站起身去洗手间。洗手的时候，无意间听到隔壁女厕所门口两个女人的声音。

他妈妈和林杨妈妈。

周沈然不知道听过多少遍的故事，爸爸妈妈之间的恩恩怨怨，中间还夹着另外一个女人和她的女儿。她妈妈神经质地跟许多人讲述，他总是在一边作陪。

他突然很好奇林杨妈妈是什么表情，以及潜藏在那种表情之下，内心真正的表情。

他从小就从他爸爸身上知道，大人可以同时拥有两套表情，却将谈话进行得顺利无阻。

那对母女自然是可恶的，他知道。虽然已经记不清两三岁时被妈妈抱着第一次见到她们时的情景了，但是总会想起某天在商场明亮的一层大厅，孤零零站在原地看他的小女孩。

那双眼睛让幼小的周沈然恨得牙痒痒——虽然他不知道自己到底恨她什么，反正他妈妈生气，他就应该跟着愤怒。

他妈妈说，野种，贱人。

他学着说，野种，贱人。

儿时的一切不问为什么，某几个词不知不觉渗入身体和记忆。即使长大后有疑问，也只需要记住一点——自己家人永远没有错。

错的可以是别人，可以是命运，总之，自己没有错。这样坚信着，人生就没有迷惑可言。

"我听说那孩子在学校是大队委员？杨杨不是大队长吗？"

周沈然听见林杨妈妈有点儿尴尬地呵呵一笑："大队部那么多孩子，哪儿能都认识啊，毕竟不是一个班的。"

撒谎。

周沈然仿佛一瞬间用耳朵窥见了林杨妈妈内心真正的表情。

他三年级的时候跳级升入林杨所在的四年一班，曾经指着在操场上跳皮筋儿的女孩子问："她叫什么名字？"

林杨正低头颠球，顺着他指示的方向瞄了一眼，足球就飞了出去，沿着围墙边咕噜咕噜滚远了。

他一扭头，不看周沈然："你问她干吗？"

周沈然想起他妈妈嘱咐过他的话，什么都没说，只是摇摇头："就是问问。"

林杨跑出去捡球，把他晾在原地。

周沈然一直有些害怕林杨，他总是觉得林杨瞧不起他，不知道为什么。越想表现出色让对方不再那么居高临下地对待自己，却越觉得很无力——林杨什么都好，他找不到任何一个突破口，可以让他妈妈不会再念叨："你看看人家林杨……"

他手足无措，余光所及之处，女孩的马尾辫随着她的跳跃也在脑后一蹦一蹦，像一尾活泼的黑色鲤鱼。

"余周周。"

他回过神，林杨已经抱着球从他身边走了过去，声音很轻，状似无所谓，可是伪装得不太好。

不过周沈然无暇关注林杨的反常与别扭，他只当是林杨懒得搭理他。

余周周。

这么多年，周沈然终于知道了这个女孩子的名字。

从他小时候第一次知道这个女孩子的存在，她就只是他心里的一双令人厌恶却格外明亮的眼睛。他仍然记得他上小学的第一天，爸爸妈妈一起开车送他到校门口，妈妈蹲下身子帮他整整领子，嘱咐了几句，突然说起："见到那个小兔崽子，别搭理她！"

他抬头，窥见爸爸微皱的眉头，只是一瞬，立刻风平浪静。

他甚至没反应过来"那个小兔崽子"是谁，就乖乖点头。走到班级门口，才想起这几天爸妈吵架时反反复复提及的那个女人和她的孩子。

他爸妈总是在吵架，因为各种事情，但是最终所有的事情兜兜转转都回到这个女孩子身上。

林杨轻飘飘的一句话，周沈然才知道，他家里面所有在深夜里被摔碎的花瓶发出的清脆响声，还有房门重重关上的沉闷轰响，都叫作余周周。

周沈然的妈妈告诉他余周周和他一个学校，告诉他一定要比余周周成绩好，告诉他要比余周周优秀，把她踩在脚底下，却又嘱咐他，那种女人的孩子，他都不应该正眼瞧她，就当她不存在！

周沈然无暇思考这些话里面有多少矛盾。他是台下的无名影子，她站在台上笑语嫣然。她和林杨一样无懈可击，他要怎么样才能完成妈妈的嘱托？

于是只能在心里腹诽。你看，她这次主持艺术节报幕的时候卡壳了一次；你看她笑得多假，你看她被大队辅导员骂了；甚至，你看，她跳皮筋儿的时候摔了一跤……

她所有不完美的空洞最终都成了他心里挖的大坑。

周沈然好像无意间就给自己空白的生活找到了一件事情做。他在别人夸奖余周周的时候造谣中伤她，在余周周出糗的时候笑得声音最大，哪怕她根本听不到。他所有的小快乐都建立在她的痛苦上——至少他认为她应该痛苦。

他希望自己强大极了，林杨对他卑躬屈膝，凌翔茜对他没话找话，蒋川大声说"周沈然说是就是"，而余周周则窝在角落低声哭泣。

心里有个秘密蠢蠢欲动，他希望全世界和自己一起骂她"贱人"——只是那件事情涉及自己家和自己的爸爸，妈妈千叮咛万嘱咐过"你不能说出去，你不能说出去"。

就在那一天，穿着鲜绿色鼓号队服的小个子周沈然站在明亮的阳光下，突然觉得神明附体。他不知道自己想做什么，但是无论如何，他要让那些与女生谈笑风生的男孩子看看。

他的青春纪念册，总得有一页，自己站在最前列。

他鬼使神差地拔腿狂奔，朝着那个陌生又熟悉的背影冲了过去。

大家都不解地看他。

他作势狠狠地打了她屁股一下——其实手根本没有碰到。听到周围的哄笑声，周沈然咧嘴笑起来，转身跑回鼓号队的阵营，一边跑一边回头观察余周周的反应。

心里倏忽间就溢满了成就感，太阳是最明亮的聚光灯，他站在台上，站在大家的目光中，听着那几个高个子男生的口哨声。

女孩子终于转过身，明亮的眼睛看向周沈然迅速逃跑的背影，一脸刚睡醒的迷茫。

她根本不认识他。

周沈然不知怎么心头一慌，脚步一顿，身体惯性前倾，喉咙处被衣领狠狠地勒住，一瞬间呛出了眼泪，弯下腰不停地咳嗽。

他低着头，模糊的视线中只看到白色的裤子。

"你找死啊？"

聚光灯太短暂。黑暗过后，主角上场，周沈然惊觉，他只是序曲中的报幕员。

记忆和回忆是不同的。

记忆赤裸裸地躲在灌木丛中，羞于见人，你总要舍得划破皮肉披荆斩棘，才能窥见它瑟瑟发抖的样子。

回忆却是女孩子的芭比娃娃，随意变装，任人打扮，全凭喜好。

周沈然的记忆在某一刻隐匿起来，他回过头去只能看见回忆披着华丽的长袍给他讲述当时他是怎样一拳挥在林杨的脸上，赢得身边人的掌声和叫好，轻易掀起一场绿色的海啸。

然而他知道，不是这样的。后来他是怎样随着人群灰溜溜地散去，又是怎样回过头怔怔地偷看余周周挂着笑容和挺拔如树苗的林杨在远处旁若无人地交谈——这些画面打散了泡在脑海中，所有色彩模模糊糊混成了一片。

君子报仇，十年不晚。尽管周沈然既不是君子，也没有人知道他的仇恨来自哪里。

后来终于把那一拳挥了出去，朝着林杨。可是周沈然在回忆中努力描摹，也丝毫体会不到一丝虎虎生风、气势凌厉，和电视上一点儿都不一样，和幻想中也差了十万八千里。

幽暗的楼道，终于被他居高临下俯视的余周周，眼睛不再是亮亮的，也不再充满让人厌恶的活力生机。

"你妈嫁不出去啦！"他大声说，快乐地，很快乐地。

"你是谁？"她问，很无助，很慌张。

一切都完美地仿照他在心里描摹的剧本进行。周沈然不知道梦想怎么这样毫无预兆地就照进了现实，他还没有来得及同时回味看到她因为做不出鸡兔同笼的简单问题而被挂在黑板前面的窘态，就被林杨扯起了领子。他几乎是条件反射地先喊出了一句："你敢动我一下，我……我就告诉我妈去，你妈跟我妈保证了你不可以再欺负我……"

可是没有人知道，周沈然同样对自己保证过，他以后再也不要说出"我去告老师"或者"我去告诉我妈"一类的话，他再也不要身边的同学远离他，孤立他——哪怕他们原本也不过是在欺负他，逗他玩。

然而，每当关键时刻，他就又无力地回到了软弱阴毒的幼儿时期，缩在角落，狰狞地大叫："我让我妈收拾你们，我让我妈收拾你们！"

也许他永远都长不大，只能站在神经质地絮叨往事的母亲的羽翼之下，嗷嗷待哺。

所以在办公室里，余周周面无表情地挡在林杨面前对他鞠躬说对不起的时候，他像是看到了三年级转学的那天，坐在第一排冷眼旁观的女生。

她们都瞧不起他。

尽管他讨厌她们，他才不在乎，他才不稀罕——可是终于，她们都瞧不起他了。

也许她们都是对的。周沈然偶尔剥下自己面子上那层虚张声势的自信，会窥探到自己真正的实力。他会做奥数题，那是因为妈妈从小学一年级就开始强迫他上全市最好的奥数班，很多类型题背都背得下来了。他会一点儿钢琴，会一点儿小提琴，会一点儿武术操，会一点儿英语——一切都是妈妈的远大计划和那口绝对不提却又不能不争的闲气——他都知道。

可是他不聪明，不帅气，不高。那些在酒会饭局上的叔叔阿姨总会堆着假笑摸着他的脑袋说些昧着良心的溢美之词，许多同样不成器的官家小娃娃会趾高气扬地信以为真，周沈然却很早就开始懂得，那是假的。

都是假的。

然而真正让她们瞧不起他的，并不是他不高不帅不聪明不牛×闪闪金光灿烂，而是他明知真相，却仍然撑起一张牛皮，千疮百孔，死不承认。

周沈然的小聪明和他妈妈笨鸟先飞的准备就这样逐渐在初中后期被磨灭。他的妈妈开始抱怨和责骂他，全然不是当初舍不得碰宝贝儿子一根手指头的样子。他知道，自己妈妈那些眼泪和咆哮，有一半是冲着那个常常不回家的爸爸去的。大人之间的感情总是掺杂着太多复杂的因素——又或者说，他们有感情吗？

没有感情，还有面子。

两个人的晚餐。在亲戚朋友面前做足了姿态的妈妈和周沈然终于能够有机会卸下面具，露出最真实的一面，相互指责和伤害，只不过一个选择咆哮，一个选择沉默。

然而即使如此，周沈然也很开心。

非常开心。

因为再也没有余周周。

妈妈间或提起，频率也比以前少了很多。这个眼睛明亮的女孩子已经不见了，她已经消失在了独木桥下的湍急河流中，和无数个淹没在普通中学中的无缘重点高中和名牌大学的淘汰者一样，面目模糊，没有权利和他这个师大附中的学生竞争。

他赢了。

莫名其妙地就赢了。

初二那年冬天，刚刚在公开课比赛中成功扮演了无名群众的周沈然蹦蹦跳跳地跑到后台去等待换装的林杨和凌翔茜。无论如何，这么多年同班的缘分也让他成了粘贴在三人组后面的一个可有可无的影子。林杨不耐烦地抢先离开，凌翔茜还在窗帘布后面大叫"等等我"，蒋川吸着鼻子站在布帘外面慢吞吞地安抚她，而周沈然，在这个阴沉的平常的早上，只是微微有些困倦。

没有想到就这样在回去的路上撞见了和自己其实并没有什么血缘关系的小表姐。周沈然甚至都记不清她的名字，那两个声调不同的叠字让他迷惑。本来就不熟悉，关系也不亲密，甚至有些隔膜嫌隙，自然会在看到那个又不漂亮又不特别的表姐时，不自觉地流露出一丝傲慢。

偏偏对方是格外敏感和自尊的人。

当他冒出一句"你怎么在这儿，你们那个破学校也能参加这种比赛"的疑问时，身边的凌翔茜惊讶地望向他，而不知道为什么和自己那个表姐以及一个陌生男生站在一起的林杨也在一瞬间皱起了好看的眉毛。

周沈然一直不明白。他从来不想要变成一个讨厌的刺儿头，然而为什么，为什么每一次他有机会从无人注意的角落跳出来，总是用这样阴湿的攻击作为开场白。

他是故意的。可又真的不是故意的。

对方果然一激便满面通红，大声回敬："少在那儿滥竽充数了，你学校好又怎样，跟你有关系吗？你自己有什么本事，会做什么？不过就是坐在桌子前面的活体道具，高兴什么？"

句句戳中周沈然的痛处，他声音虚弱地大叫："你连做道具的资格都没有！"

然后他听到沈屾冷笑着，一字一顿地对他说："你懂什么，你会什么，你自己能做到什么？不过就是家里给你铺好了捷径，比别人平坦很多而已，你真以为是你自己跑得快？"

周沈然只是觉得气血上涌，正在他张口的瞬间，一直阴着脸的林杨忽然吼了一句："好了，你闭嘴！和女生吵有什么本事，赶紧给我回班里坐着去！"

他原本是想反抗的。

然而却用尽最后的一丝力气咬住了嘴唇，没有说下去。

没有说下去。

否则下一句话，很有可能又是那句出自本能的："你敢吼我，我去告诉我妈妈。"

周沈然感到前所未有的无力和耻辱。

他抬起眼，注意到在场的唯一一个陌生男生，在一边扶着因为气愤而微微颤抖的沈屾，用一种迷茫而怜悯的眼神看着他。

周沈然狠狠地瞪回去，却收到了对方更为迷惑和怜悯的眼神。

他从来没有接受过如此赤裸裸的怜悯。

然而当余周周和那个陌生男孩一同站到讲台上笑容满面地开始做实验时，周沈然却感到了突如其来的晕眩。

无异于见到死者复生。

她变得更光彩照人，更大方自然，更加自信，也更加快乐。

他大脑一片空白，只是听着，听着而已。

甚至当她们的实验被别人的问题难住，尴尬地挂在那里，他也忘记了像小时候一样去大声笑她。

因为下一秒钟，林杨就和当年在鼓号队的绿色海洋前一样，从容地站出来，帮她化解了所有危机，默契十足，天衣无缝。

他还是坐在台下，屁股下的观众席仿佛已经和他融为一体，他再也无法站起来。

周沈然的妈妈看到了报纸上全市初升高统考前十名中有余周周而大发雷霆，他一言不发，只是看到在饭桌上沉默地喝汤的爸爸很小心地用眼角轻轻瞥了一下版面。

那个夏天过得极为纷乱。

因为余周周的出色成绩而感到痛苦的时候，他突然得知对方的妈妈和继父同时车祸死亡的消息。周沈然妈妈伪装在"死者为大，我也就不提报应这种事情了"之下的窃喜，最终导致了周沈然父亲掀翻桌子扔下一句震耳欲聋的"给你自己和儿子积点儿阴德"转身摔门而出。

他蜷缩在小屋的床上，听到妈妈追在后面哭喊："你什么时候关心过我和儿子了？少他妈在这儿假慈悲！"然后用被单蒙住脑袋，疲惫地闭上眼睛。

他从来不需要担心什么。

考得很差？没关系，他照样可以进振华。

余周周和沈屾她们需要万分努力才能得到的名额，对他来说从来不是什么问题。

虽然兜兜转转那个眼睛明亮的小女巫又出现在了他的世界里，开水间、课间操、升旗仪式、中午的食堂、优秀作文展、学年红榜……他总是能看见她，无处不在，独自一个人，或者，和林杨。

他仍然无法控制地追随着她丁点儿的一言一语和蛛丝马迹。

可是没关系，他知道，她已经没有了巫术。

儿时他把她和她妈妈当作邪恶的蛇精与格格巫，降妖除魔之后，他家自会恢复一片笑语欢歌。

渐渐长大的周沈然终于艰难地承认，魑魅魍魉，不过是他妈妈自己布下的心魔。

是的，那个勾引爸爸的贱女人，终于消失了。

然而，他知道，其实她从来就不曾出现过。

周沈然从纷杂的回忆中抽身。转眼这么多年，他已经开始考研了。

"你来……你来买什么？"他实在不善于寒暄，自己父亲的气质和谈吐竟然一成都没有熏陶到。

"只是回家过年，待着无聊出来转转而已。"余周周浅笑，伸了个懒腰就坐在了书架旁的窗台上，"你来买什么？"

"随便看看。"说完低头看见自己怀里抱着的考研真题集，他有些难堪。

"嗯……还好吗？毕业有什么打算？"

他刚想要撒谎，突然闭上嘴巴，尴尬地指了指怀里的书。

余周周善解人意地笑起来，眉眼弯弯，俨然是小时候的清秀模样。

"家里果然很冷，我都有点儿受不了了。你……你爸爸妈妈身体怎么样，还好吗？"她一歪头，说得无比自然。

周沈然有些失神。

窗外是北方萧索的街景，光秃秃一片，只能听见凛冽的风声。

他们竟然在这儿顺畅而又若无其事地谈天气，互相问候不咸不淡的近况。

周沈然自嘲地笑了："他们……都还好。"

妈妈又在家里闹了起来。

因为她怀疑爸爸在外面有女人。

她一腔热血献给了两个男人。一个不回家，一个不成器。

高考前夕的夏夜，他独自坐在自家小区的长椅上发呆。第一次抽烟，从爸爸的柜子里偷的软中华，配上超市里买的一元钱的塑料打火机，按了好几次才点着火。

他只是枯坐着，大脑空白。黑色凌志①悄无声息滑行到他身边，车窗落下来，爸爸探头对他说："外面蚊子多，进来坐。"

他慌忙扔掉烟头，想要辩解几句。父亲的脸隐没在阴影中，他动了动唇，还是闭上嘴打开车门。

周沈然甚至想不起来自己最后一次和父亲单独在一起是什么时候的事情了。自己好像和母亲一起已经被父亲打包处理了，所以总是听到父亲对母亲说："你就作吧，好好的孩子，都被你带坏了。"

"哟哟，想你那个野种就接回来啊！"

想你那个野种就接回来啊。

周沈然的年少时光就活在母亲这句狠话的阴影之下。他分不清真假，总是觉得，有一天，会有一个眼睛明亮的比他优秀比他漂亮的小女巫潜

---

① 2004 年，凌志改名雷克萨斯。

入他家大门，悄悄带走他的父亲。

他活得像个疲惫的影子，唯一露出利齿，总是一口口咬向她的痛处。主动防御。

他相信他没有错。至少曾经是这样相信。

直到那个女孩子在毕业典礼上微笑着背过手去，像对他施展魔法一样，轻轻地说："我从来没有想过要和你抢爸爸。"

她说："周沈然，原来一直是你活在我的阴影里。"

周沈然所坐的副驾驶位子上摆着一排饮料，他先拿起来再坐进去，凑到灯光下看了一眼。

"喜乐"。

面对自己询问的目光，父亲只是笑了笑："你要是喜欢，就喝了吧，我也不知道这东西好不好喝。也难说，你看你都是这么大的孩子了。"

他沉默，轻轻摩挲着廉价的塑料包装。

"然然，爸爸知道很对不起你和你妈妈。我和你妈妈之间的事情，你们小孩子不懂。我工作忙，一直都没空出时间来好好和你谈谈，一直都是你妈妈带着你，她……她也用心良苦，只是必须承认，你也养成了一身的毛病。不过幸好，爸爸知道你本质好，他们其他人身上那些纨绔子弟的毛病，你一个也没有。"

周沈然苦笑。是的，那些官家娃娃花天酒地的习气，他的确一点儿都没有。

如果有的话，是不是生活也不会这么黯淡？

"不过很多东西形成了，还是改不了。都是我的错，是我不够关心你。"

周沈然迅速地扭过头去看他父亲。

男人棱角分明，那种深沉坚毅的气质，一丝一毫都不该是周沈然的父亲。

还是她比较像。

终究还是她比较像。

"高考别太紧张，能发挥成什么样子就发挥成什么样子。爸爸不是对你期望值低，只是不希望你再和别人比。"

别人。

周沈然攥住拳头，泪水盘旋。

爸爸，在你心里，到底谁是别人？

"然然，爸爸一直知道你是个好孩子，这就够了。"

他终究还是没有忍住，痛哭失声。

"周沈然？"

被再次从回忆中唤醒，他不好意思地笑笑。

"我爸妈……他们都挺好的。都挺好的。"

这场短暂的相逢似乎可以画上句号了，余周周跳下窗台，似乎正在酝酿着比较好的告别语。

他抓住机会，问出了一直盘旋在脑海中的问题。

"你刚才说的，喜马拉雅山的猴子，是什么？"

余周周讶然，旋即笑起来。

"我也不知道为什么，刚才大脑短路了一样，看到一本书的名字忽然想起来这个故事，和你没有什么关系的。"

"不，讲给我听听吧。"

余周周定神看了看他，点了点头。

"很简单的一个故事。一个海边的小村庄，来了一位能够点石成金的仙人。村民们对他盛情款待，就是希望仙人能够教会他们点石成金。

"仙人酒足饭饱，非常大方地告诉了他们点石成金的方法，但是最后郑重其事地补充了一句——你们一定要记住，千千万万要记住，想要运用点石成金的魔法，在使用咒语的时候，一定一定不要想起喜马拉雅山的猴子。

"村民们都很奇怪：我们为什么要想起喜马拉雅山的猴子呢？这和我们有什么关系呢？于是他们很开心地送别了仙人，急不可耐地开始试用点石成金的咒语。

"然而讽刺的是，他们越是不想要想起，偏偏在施咒的时候无一例外地想起了喜马拉雅山的猴子，仿佛长在脑袋里面赶都赶不走。所以直到最后，没有一个人能够成功地点石成金，他们还是像以前一样穷。

"这套点石成金的咒语代代相传，可笑的是，所有人都没有忘记告诉学徒们，千万不要想起喜马拉雅山的猴子——所以直到现在，村子里的后人都没有任何一个能够点石成金……"

她耸耸肩："就是这样。我也不知道怎么就突然想起来了，一个小故事而已……周沈然，周沈然，你怎么了？"

余周周愕然看着眼前的大男生，就那样毫无预兆地转过头，红了眼圈，大步地离开她，没入书店的人流中。

余周周永远不会知道，她就是那只一直在周沈然心里的"喜马拉雅山的猴子"。

二十多年，周沈然终于明白，他从最开始的那一刻，就不可能将自己的生命点石成金。他们告诉他，这世界上有一只喜马拉雅山的猴子，那只猴子将会抢走你的幸福，你无从抵挡——然而你不要害怕一只猴子，那成什么体统，你的生命金光灿烂，只要你用蔑视的姿态遗忘一只喜马拉雅山的猴子，只要忘记她，只要忘记她，就好。

是他们塞给他一个余周周，所有的争吵和不幸福都叫作余周周，然后他们告诉他：你要忘记余周周，你要当她不存在。

那只活蹦乱跳鲜艳明媚的猴子，精彩地闪耀在他的世界里，从未离开，在山顶的雪堆上踩下一串串纷乱的脚印。

然而他以前从来不知道，他就是那千堆雪。

行人们纷纷用惊异的目光看着这个急速穿行哭得一塌糊涂的大男孩。
"没关系。"他哽咽着对自己说。
他终究会忘记她。
总有一天。

沈屾番外

山外青山人外人

· 沈屾曾经自嘲，她的每一年都和前一年没什么不同。学习，考试，
  睡觉。日日年年。好像没什么值得记住的，所以也不知道都忘了
  什么。

· 然而就在那一刻，星星点点的回忆扑面而来，就像一片叶子，盖住
  了她的全部视线。

沈岫坐在副驾驶座位上，歪过头，车窗外围成一圈的叽叽喳喳的男生女生们明显有点儿喝高了，当年的副班长徒劳地招呼大家上车，却没有人听他的。

　　"我说，你。"坐在驾驶位上的男生声音低沉，车里有淡淡的酒气环绕，沈岫突然想起当年看书的时候一直不明白的一个词——微醺。

　　"什么？"她没有看他，目光直视着前风挡玻璃，就像当年紧盯着黑板。

　　"我问你……"他突然把手搭在了她的肩膀上，然后扳过她的下巴，热热的呼吸喷了她一脸。

　　沈岫惊讶地睁大了眼睛，活了二十几年，从来没有人这样对她。

　　"我问你，你现在，有没有一点儿后悔？哪怕一点点。"

　　他们都这样问。所有人。

　　"沈岫，你有没有后悔过，有没有？"

　　"沈岫，你是所有人中最努力的。"

　　"沈岫，你是不是从来都不出去玩？"

　　"沈岫，你是不是做梦都在学习？"

　　"沈岫……"

　　沈岫知道他们想说什么。"沈岫，天才是99%的汗水和1%的灵感，你说，你都做到这个份儿上了，为什么命运还是让你阴错阳差成了一个庸碌之辈？"

"沈岫，你中考失利，赌气进普高，高中三年拼了老命，最后还是进了本地的人学。沈岫，你不怨恨吗？早知如此，不如当初开开心心享受青春，玩到够本。沈岫，你后不后悔？"

沈岫，你后不后悔？

"我从来没有后悔过。"她轻声说，没有任何赌气的意味，安然从容。

眼前的男生不复初中时候的嬉皮笑脸和邋邋遢遢，衣着光鲜地开着自己的宝马 X5 来参加同学聚会。沈岫在所有人身上都看到了时间的神奇法术，只有她自己，好像静止在了岁月中。

她在考研，来之前还在省图书馆自习，所以是女生中唯一一个背着双肩书包的人，依然是素面朝天，梳着十几年不变的低马尾；蓝色滑雪衫，无框眼镜，白色绒线帽，清瘦，没有表情。

酒楼里最大的包间，初中同学来齐了四十个，三教九流，散布在社会的各个阶层，热热闹闹地喝了三个小时的酒，她坐在角落，隐没在阴影中。

连她自己也不知道为什么会来参加同学会。从毕业到现在，她从来没有出现过。

也许是那个刻薄的姑妈一句"再学下去都学傻了，反正也学不出什么名堂，多结交点儿有用的同学，以后人脉最重要，你还想一辈子待在学校里念到老啊"——她无力反驳。她已经平庸到底了，没有对抗的底气和资本。

尽管她心里从未服输过。

然而却知道，话虽然难听，却有几分在理。她的确应该看看外面的世界，父母老了，曾经那条改变命运的道路渐渐狭窄到看不到明天，也许，她真的应该停下来，看看别人了。

"你还记得我是谁吗？"

得到了沈岫轻描淡写的一句"不后悔"，男生把手砸在方向盘上，掏出一包烟，想了想又塞回到口袋里。

"你知道我问的是哪件事吗，你就敢说不后悔？"

这次来参加同学聚会的人中，有四个人开了自己的车过来，所以吃完饭之后大家就商量好，女生坐车，男生自己打的，一起开赴最大的KTV去唱歌。沈屾先从饭店走出来，站在门口吹冷风，后面浩浩荡荡一群称兄道弟拉拉扯扯的男生女生，大家都喝得满面红光，只有她孤零零站在旋转门旁。

好像这个北方小城里的一捧捂不热的雪。

"沈屾！"她抬头，有车一族中的某个男生已经打开车门在喊她了，她愣了愣，觉得有点儿不好意思，还是走了过去。

本来想坐到后排，却被他硬塞到副驾驶的位置上。他也坐上来，关上车门，把霓虹灯下的欢声笑语都隔绝在了外面。

暖风开得很大，她感激地说了声："谢谢。"

这个男生看起来很陌生，不过她似乎有点儿印象。记忆中，那好像是个很喜欢打架的男生——反正坐在最后一排的那群男生，长得都很像，行为性格都跟量产的一样。

然后他很突兀地问她："沈屾，你后悔吗？"

沈屾只能尴尬地笑笑："我记得你。"

换了以前，对这样嚣张的逼问，她可能冷着脸理都不理了。

自己到底还是有一点儿改变了的。

"是吗？"男生的语气有一点儿痞气，"那你说，我是谁？"

沈屾语塞。

似乎早就料到了这一点，男生大笑起来，一边笑一边用力拍着方向盘，然后指着自己的鼻子，大声说："我再告诉你一遍。叶从。一叶障目的叶，人外有人的从。"

两个古怪的成语从眼前这个明显没有太多文化的男生嘴里冒出来，实在是有些装得过分了。

沈屾觉得想笑。然而再不匹配，也不及当年。

当年，他在她面前做自我介绍的时候，可是连"一叶障目"这个词都说不全。

当年。可曾记得当年。

沈峬曾经自嘲，她的每一年都和前 年没什么不同。学习，考试，睡觉。日日年年。好像没什么值得记住的，所以也不知道都忘了什么。

然而就在那一刻，星星点点的回忆扑面而来，就像一片叶子，盖住了她的全部视线。

如果问起沈峬对于"童年"两个字的印象，恐怕是一个前不着村后不着店的画面。

她坐在爸爸的自行车后座上，阴天，闷热。

爸爸的车骑得很快，燕子低飞天将雨，他们却没有带伞。沈峬有些困了，整个身子伏在爸爸的后背上，眼皮越来越沉重。

"峬峬？别睡着了。"

她轻轻应一声，过了几秒钟，上下眼皮再次打架。

"峬峬？别睡着了。"

爸爸半分钟说一次，她应声应得越来越虚弱。她知道爸爸怕她像上次一样因为睡着了把脚伸进了后车轮，绞得皮开肉绽。

"峬峬，别睡了，你看这是哪儿？北江公园。下次儿童节爸爸妈妈就带你来北江公园玩好不好？"

她努力睁开眼，路的左侧，他们正在经过的大门，的确是北江公园。天蓝色的雕花拱门，左右各一个一人多高的充气卡通大狗，伸着舌头朝她笑。

"好！"她笑，一下子觉得不困了。

后来她爸妈也没怎么抽得出时间陪她去北江公园玩。她第一次迈入北江公园的大门，竟然已经是三年级学校组织的春游了。小时候幻想着和爸爸妈妈一起跟门口的充气大狗合影，然而真的站在门前的时候，发现那里早就换成了一排排蝴蝶兰花盆。

沈峬和同学们一起站在北江公园门口集合，看着阔别已久的大门，突然觉得有点儿委屈，想起那个没有兑现的承诺，脸上终于露出了一点儿算是任性不甘的表情，像个十岁的孩子了。

不过她很懂事，也不曾因此而在爸爸妈妈面前闹过。

长大之后懂得回顾和怜惜自己了，沈屾不禁有些遗憾，她是不是懂事得有些太早了？

然而单纯到复杂的过程是不可逆的。她没有选择。

沈屾记得临近中考的那年夏天在全市最大的图书市场遇见余周周，当时她们两个在寻找同一本冷门的历年中考真题汇编。

那个盗版和小店云集的大杂烩里往往能淘到不少好书，价格又公道。如果说当年沈屾有什么休闲娱乐活动的话，应该就是坐上一个小时的公交车去远在城市另一边的图书市场闲逛一个下午。她淹没在杂乱的书海中，暂时忘却了自己给自己设置的层出不穷的目标和望不到尽头的未来。

她比余周周晚到了一步，店主从犄角旮旯儿里翻出已经被压得皱巴巴的试卷集，面对着两个一样高的女孩的灼灼目光，说了价钱就退到一边让她们商量。

沈屾沉默着。她从来都喜欢用沉默的压迫来解决问题。并不是策略，只是她并不会别的方式。

余周周表现了和传闻中一样的八面玲珑，她翻了翻习题册，然后推到她面前，笑眯眯地说："我买了也是浪费，就是求个心安。还是给你吧，你做了觉得好的话，借我复印一份就成。"

沈屾点点头，掏钱包的时候顿了顿："你真不要？"

余周周郑重道："不要……太脏了。还皱巴巴的。"

这才是实话吧？沈屾想笑，不过估计自己的表情还是很冷淡。

有时候她觉得自己需要一个翻译，她实在学不会和这个世界沟通，即使她不在乎世界对她的误解。

余周周优越，快乐，有资本，有天分，可以偷懒，可以不按常理出牌，可以嫌弃一本重要习题册太脏。

沈屾不可以。她认准的东西，再脏再不堪，再苦再艰难，都会去得到。她不在乎表皮，只在乎用途。

后来中考失利，她冷笑着坐在空荡荡的窗台，看着余周周在自己面前小心收敛着属于胜利者的喜悦，又不敢展现可能会伤害她自尊的同情，手足无措。

她们都错看了沈屾。她们以为她会不甘会妒忌。

没有人理解她。

其实她从来没有在乎过学年第一。如果能达成目的考上振华，那么即使她一直是学年第十也没有什么所谓。一直孤绝地拼搏努力，霸占着第一的位置绝不松懈，只是因为这样达成目的的把握更大一点儿。

仅此而已。

然而现在，这些都不重要了。

她问余周周："你知道你自己最大的优点和缺点是什么吗？"

也许是自己从来没有主动和她交谈过，余周周谨慎地想了半天，还是摇了摇头。

沈屾笑了，说："可是我知道我的。对我来说，最大的优点和缺点是一样的。"

然而余周周却没有问。她不知道为什么克制住了自己的好奇心，微笑着说："你知道，那很好，你比我们都……都……"

她想了半天也没有说出中心词。但是沈屾明白。

似乎从出生那一刻起，沈屾要背负的一切已经注定了。究竟是因为她天生如此所以选择承担，还是因为必须承担所以才变成这副样子，这个问题就好像鸡生蛋还是蛋生鸡，循环无止境。

如果那天余周周真的问了，她会告诉她三个字：企图心。

沈屾不知道这个词是不是自己发明的。不是目的，不是抱负，不是理想。

只是企图。她最大的优点和最深的缺陷来源于同样的企图心。

余周周是否还记得当自己说出"我必须考上振华"时，她脸上无法掩饰的诧异？

然而那个幸福的女孩永远不会懂得。沈屾的生命从一开始就充满了太多的"必须"。

沈屾的父亲是残疾人，儿时发高烧导致右耳失聪，年轻时做工人，机器故障，又轧碎了右手三根手指。他和沈屾妈妈是同一个工厂的同事，经人介绍结婚，一年后，沈屾出生。

然而事实情况又不仅仅是这样简单。他在八岁的时候随着沈屾奶奶的改嫁到了一个干部家庭，这种现在看来十分平常的事情，放在几十年前，必然是会引起一定范围的风波。上一辈人的曲折辛酸沈屾不得而知，但是别人家在过年的时候和爷爷奶奶七大姑八大姨同处一室其乐融融的景象，沈屾从来就没有感受过。

"爷爷"在和沈屾奶奶结婚前有两个孩子，一男一女，长大后都在省委上班，公务员职务就像家族惯例代代相传，只有她父亲是个专门扶持残疾人的小工厂里面的小工人。

沈屾不靠天不靠地不走后门不服输的个性，也许就是来自父亲。寄人篱下，要有自知之明，要划清界限。他右耳失聪，有很多话听不清楚，可是老街坊邻居都在说什么，想也想得出来。

更何况，他眼睛是亮的，异父异母的所谓兄弟和姐妹的眼色，怎么会看不懂。

爸爸常常对她说："你奶奶年轻时候的选择我没办法说什么，可是我要让别人知道，我什么都不图他们的。"

沈屾再次将目光投向窗外，勾肩搭背交换名片的初中同学们被窗上自己呼出的白雾模糊得很不真实。互相利用才是那条正确的路，自己和父亲那样心怀孤勇独自上路，终究是要撞得头破血流的。

"我说，你的车，是你自己的吗？"

叶从听到这句话的时候着实吃了一惊，想了想才回答："朝我爸借了一部分钱，贷款买的。"

沈屾点点头，不作声了。

"怎么着，你果然后悔了啊。"叶从笑起来，终于还是忍不住，打开驾驶位一侧的车窗，低头点了一支烟。

沈屾一脸迷惑地望向他，叶从不禁有些尴尬。

"你果然不知道我指的是什么啊……"

沈屼并没有好奇地追问，她只是非常认真地澄清了自己的问题："我只是想想知道你这么年轻，到底是怎么开上这么好的车的。我不大懂。"

叶从哑然失笑。

果然还是初中那个沈屼。

沈屼多年待在校园，学的又是电气化，专注于课本卷子之中，的确从来不懂得外面的世界。钱是怎么赚的？合同是怎么签的？几万一平方米的房子都是什么样的人在买，靠月薪三千，要积累多少年？

她向来不善于旁敲侧击地套话，刚刚的问题更不是恭维或者羡慕。

对沈屼来说，这只是一个她琢磨不明白的问题而已。

你的钱，哪儿来的？

不过听到他说是朝父亲借的钱，沈屼有种豁然开朗的感觉。不过是资本主义原始积累。

就像那个没有血缘关系的姑妈能把自己成绩一塌糊涂的儿子花钱弄进振华再弄进省里最好的高校最好的专业。说沈屼心里没有一丝计较，谁都不会信。

可悲的就是，他们都不会相信，从小争第一的沈屼，真的从来不曾计较。

莫羡人有，莫笑己无，有本事就自己去争取。

叶从长长地吐了一个烟圈，似乎是猜到了沈屼在想什么。

"你还想和他们一起去唱歌吗？"他问了一个不相干的问题。

沈屼摇头："不想。"

"那你干吗还不走？"

她愣住了，这句话语气不善，问得却是非常实在。

是啊，她干吗还不走？因为无奈地听从了姑妈的建议，应该出来接触接触老同学，放下"虚荣心"，"见识社会"，"知道知道自己几斤几两"……她竟然真的就打算一路"见识"到最后了。

连这种事情都十二分认真，有始有终。沈屼不知道是应该佩服自己还是替自己悲哀。

苦笑了一声，她把手搭在车门把手上，说："你说得对，我不想参加，这就走。"

没想到对方扔下一句凶巴巴的"系安全带"就一脚踩下油门，沈屾被速度狠狠推向椅背，常年伏案让她有轻微的驼背和颈椎疾病，这一下突然挺直，连自己都听到了轻微的"咔吧"的声音。

她回过头，被扔在酒楼门口的同学们过了一阵子才反应过来，纷纷跑到马路边张望，一张张脸孔越来越小，最后淹没在夜色中。

"我敢说，他们肯定以为咱俩去开房了。"

还没等沈屾反应过来，他就坏笑起来。

"我这人最讨厌别人编排谣言，既然这样，我们还不如坐实了它，你看怎么样？"

沈屾常年苍白的脸色终于因为叶从的这句浑话而恢复了点儿血色。

气得。

叶从的车越开越远，向着城郊高速的方向。沈屾平静地坐在副驾驶位置上，丝毫没有因为周边的景色脱离了她平时的活动范围而慌张地询问。

"你倒挺镇定的啊，不怕我欺负你啊？"

沈屾偏头看了看自己这一侧的倒车镜："你怎么可能对我有好感。"

叶从愣了一下，又大笑起来："沈屾啊，你这么多年是吃防腐剂长大的啊，怎么可能一点儿都没变呢，连说的话都一个字不差。"

面对沈屾不知道是第几次疑惑的目光，他耸耸肩："说真的，好感这个词，当年还是从你嘴里第一次听说。学习好的人，词汇量就是大啊……"

车最终停在一片正在兴建的厂房门口。叶从先下车，绕到沈屾一侧抢先一步帮她拉开车门，说："下来看看。"

"这是……"

"这儿建好了就是我的了。"

"做什么？"

"衣服。"

"你是老板？"

"嗯。"

沈屾绞尽脑汁，觉得似乎还应该问点儿什么。

"你是不是又想问我哪儿来的钱，是不是我爸妈的，我卖的是什么衣服，什么时候开始的，一个公司是怎么设立的，怎么注册，启动资金是多少……嗯？"

沈屾严肃地点头，那副样子再次逗得叶从笑起来。

"初中的时候我可从来没有想过自己有可能给第一名讲这些。"

沈屾心里感到有点儿不舒服。

这种不舒服就像是不停被追问后不后悔一样，让她有种很深的无力感。她并没有妨碍到任何人，她努力学习，勤奋刻苦，安静地坐在座位上，不曾嘲笑过任何人，也不曾迫害或者阻碍任何人，为什么所有人都愿意用"命运弄人"这种理由来到她面前寻找平衡感？

然而天生不认输的劲头又迫使她忍耐，一定要虚心听下去。

不知道是不是这种心理挣扎表现在了脸上，叶从有些歉意地拍了拍她的肩，说："我不是那个意思。"

正赶上沈屾转过头想要说什么，那只温热的手，不小心就擦过了她的脸颊。

两个人都尴尬得沉默了一会儿，叶从才用有些发涩的声音开了口。

"初中那会儿，我的确挺犯浑的，不好好学习，天天台球室网吧地混，的确非常非常……我爸妈忙，根本来不及管我，零钱盒子就放在桌上，等到他们发现都被我拿空了，就一顿胖揍，教训几句，还没来得及给我时间蹲墙角深刻反省，两个人就又忙得没影儿了。"

"我犯浑到了初三前夕，马上要考高中了。当时家里面其实条件还是不大好，但他们还是认准了读书是正道，我成绩再烂，花多少钱也都要把我塞进至少是区重点一级的学校。"

花钱塞进区重点。

沈屾忽然想起当年自己一意孤行，在志愿表上除了振华什么都没有填，市重点区重点统统是空白。

她去了普高。

父母不曾埋怨过她中考的失利。她自己站出来，在父母努力筹钱想要把她送进某个重点校自费生部的时候，认真地说，自己要去普高。

愿赌服输。总有下一次，她不会永远输。

这一切现在回忆起来，仍然有一点点痛。眼前这个混了整个初中的叶从，竟然也去了区重点。

"我没去。"

叶从似乎总是能读懂沈屾的心事。沈屾不知道是他格外敏锐，还是自己格外好懂。

"能天天和一帮不三不四的人出去游荡瞎混，因为我还是幼稚不懂事，心里也想着既然父母这样说，我自己好歹也能有个学校继续混高中，什么都不用担心。我从来没有想过我爸妈挣钱有多难，或者说我到底是不是读书那块料。"

叶从坦然的态度让沈屾很不齿于自己刚才的小肚鸡肠。

"后来有天我和几个哥们儿跑到一百那儿新开的台球厅去玩，路过地下通道，看到我妈自己扛着一个大编织袋，比麻袋还大好几圈，汗顺着脸往下淌，拽绳勒得她手上一道道红印子……我才知道，他们从外县上货，人家运到火车站就不管了，这两个人舍不得花钱雇车，就自己扛。

"那时候才觉得，自己太他妈浑蛋了。"

"后来呢？"

叶从猛地抽了一口烟，然后才缓缓吐出来。苍茫夜幕中，烟雾和白汽袅袅升起，沈屾只觉得心口有一块也像眼前的白色一样，浓得化不开。

"你是不是以为我从此体会到我父母的苦心，发奋读书，成了一个有出息的小伙子？

"沈屾，那是你，不是我。

"我倒还真的努力了一阵，也不知道我是真的不是那块料，还是因为努力得太晚了，总之中考还是考得特别差。我爸也没揍我，他知道我也就那样，所以紧锣密鼓地帮我四处托关系送礼，想把我弄进北江区重点。

"当时是我自己站出来，死活也不念了。如果一定要读，要么职高要么中专，肯定不去学物理化学了，我不想再浪费他们的钱。好歹，如果再打包，我也能出把力是不是？

"这回我爸可真揍我了，往死里打。"

停顿了一下，他又吸了口烟，痞痞地笑："算了，家长里短的，说那么多没意思，总之后来我赢了，我没念书。我奶奶从老家那边打电话过来骂我爸妈，周围邻居也都说我是啥都考不上的废物……总之，那段时间还挺有意思的。"

沈岫无论如何也想象不出这样的场景有什么意思。

也许是现在站在自己的工厂前面，回头看多么艰难的时光都会觉得有点儿意思的吧。

老子当年也年少轻狂过。

叶从不知道为什么不再讲，沈岫和他并肩站在半成品厂房前，一同吞吐着北方寒冬冰冷的空气。那个同样失意的夏天，沈岫和叶从做了不同的选择，然而背后却有着同样的勇气。这种勇气值得他们引以为傲，并且永远不会因为最终成败而失去光泽。

"我能不能问一句，你究竟为什么带我到这儿来讲这些？"

"因为我……原来我说了这么半天，你他妈还没想起来我是谁啊？"

叶从有些绝望地蒙上了自己的眼睛。

很多很多年以前，在班主任热情洋溢地表扬了第一名专业户沈岫之后，小混混儿叶从百无聊赖，窜到她面前，笑嘻嘻地问："喂，请教一下，咱们考试总分是多少分啊？"

沈岫根本没有抬头看他："560。"

"那你得了多少分啊？"

"542。"

"我×，大姐你真牛啊，就差8分就满分啦？"

沈岫依旧没有看他一眼，也没有纠正他哗众取宠的错误。

叶从索性搬了小板凳坐过来："我说，大姐，传授一下经验呗，你怎么能坐到椅子上动都不动呢？我爸说这样容易长痔疮，你为了学习连痔疮都不怕，你真他妈是我们的楷模！”

沈屼认真地演算着一道浮力计算题，很久之后终于缓缓转过头。

那时候已经是初二的下学期，她却非常迷茫地看着他。

“你是谁？”

叶从这种男生向来好面子，四处招摇了两年，坐在自己前排的女生竟然压根儿不认识他。

他立即指着自己的鼻子大声叫：“我叫叶从，从，就是……就是两个人的那个从！”

他听到了沈屼的笑声，哧的一声，很轻，像在笑一个文盲。

出于报复，他嬉皮笑脸地凑上来：“喂，大才女，你看你的名字是两个山，我的名字是两个人，你看咱俩是不是挺配？”

他在心里想象出了尖子生的七八种有趣的反应，气急败坏，面红耳赤，欲盖弥彰，或者别的什么？

没想到对方竟然认真地上下打量了一下他，貌似很认真地思考了一番。

然后平静地问：“哪里般配？”

随着叶从的回忆，沈屼也想起了这一段往事，不由得笑出了声。

“其实后来，我吃瘪了以后，反而常常关注你。其实自己那时候装成熟，装古惑仔，还是挺幼稚的。我到后来才反应过来，我应该是……”他顿了顿，挠了挠头，“是……喜欢你的。后来我都不知道你考到哪儿去了，觉得你肯定没问题，一定是去振华了，压根儿没问过你的成绩。其实，估计也是自卑吧，我不愿意问，差距太大。有次跟车去火车站配货，路过振华，我还在附近转了两圈，以为能碰见你呢。”

“真是对不起，我后来才知道。”

“所以这次同学聚会看见你，我觉得你不开心。不过其实我很高兴，这么多年，起起落落，你都没变，还是……就是那种做什么事情都特别较真特别执着的劲头。我特别高兴。”

“你说这么多，就是想鼓励我？”沈屼笑了，她摘下眼镜，轻轻揉了揉眼睛。

"其实，我也不知道我为什么，我真的不知道。"

沈岫摇头："我不管。我听了，很开心。"

车缓缓驶回市区。沈岫跳下车的时候，手指滑过冰凉的把手，突然觉得心脏跳得很剧烈。

从小到大，甚至在等待中考分数的时候，都不曾这样。

并不是对叶从怦然心动，并不是害羞。

她自己也说不清，只是突然间转过头，对车里面正要道别的叶从大声说："我到底还是选择了考研，北京的学校。我不知道结果会怎么样，在这方面，我一路倒霉到大。不过这次再失败，我就放弃这条路。

"他们总是问我后不后悔。我一直以为只有你这种现在有出息了的人才有资格很高姿态地说苦难是一种经历，对当年的选择绝不后悔——你辍学，我去普高，你开着车，将会有自己的公司，我还是前途未卜、一无所有。可是其实我倾尽全力付出了，我问心无愧，我也不后悔。他们都不信，他们都——叶从，你相信吗？"

车里的男孩像当年的沈岫一样将她从头到脚打量了一番，思考了几秒钟，郑重地说："我相信。"

还没等沈岫感动地微笑，他再次坏笑，补上一句。

"我不是早就说了嘛，我觉我们很般配。"

沈岫愣了愣，歪头认真地说："你得让我认真考虑一下，我到现在还没发现，咱俩到底哪里配。"

叶从又点燃一根烟；"有的是时间，慢慢想。好好复习。"

她要转身离开，突然被叫住。

"书呆子你行不行啊，你还没告诉我你手机号呢！"

那一刻，沈岫背对着他，笑得像个普通的初二女生。

仿若当年，仿若还差 8 分就圆满的十四岁。

楚天阔番外

暮霭沉沉

- 偏偏楚天阔，长得像个王子，聪明，懂礼貌，性情温和。站在哪里
  都那样出挑，出色得没有办法，想泯然众人都不行。

- 他什么都没有，他什么都有。

楚天阔把视线从窗边收回来，在走廊尽头看见了余周周。

北方小城里，冻人不冻水的三月，名义上已经进入了春天，然而外面冰雪初融寒风刺骨，光秃秃的树枝萧瑟地摇晃，完全没什么好看的。

楚天阔呆站在窗边已经十几分钟了，裤子紧挨着暖气，烤得暖洋洋。他只是想要远离教室，里面满是那种被第一次全市模拟考试的下马威所狠狠压抑着的气氛。

同学们都像行尸走肉一般，饶是一班大把大把的尖子生，也多多少少败在了心理素质这一关。

模拟考。用橡皮泥细细勾勒几个月后的命运分水岭可能的样子，任谁都会有些心慌。而这种心慌的排遣方式之一，就是面对着已经被成功保送了的楚天阔略带羡慕、略带阴阳怪气地说一声："唉，你多幸福啊。"

楚天阔苦笑，这种话听起来，不知道是该骄傲还是该难过。他的幸福也是自己一手争取的，没碍着任何人。

不过也不会得便宜卖乖。他知道自己现在可以用从未有过的心态和视角来看待这场独木桥战役，归根结底，还是幸运的。

余周周就在这时拿着几张卷子从远处慢慢踱过来，一边走一边皱着眉盯着上面的批改，越走越倾斜，最后直接撞在了窗台上，"哎哟"一声捂着腰蹲了下去。

楚天阔笑出声，走过去轻轻拍了拍她的后背："你还好吧？"

她抬起头，目光清澈，只是含着泪。

"还好，只是疼，谢谢你。"

他还没来得及再开口问候，就听到旁边纷乱的脚步声。

"我说你行不行啊，我从大老远就眼见着你越走越歪直接撞上去了，你小脑萎缩吧？"

是林杨，急三火四地跑过来，因为喘息剧烈而微微弯着腰，只是胡乱地朝楚天阔打了个招呼。

点点头而已。林杨曾经和他关系算是不错，只是自从凌翔茜的事情之后，楚天阔已经能够很敏感地体会到他们关系的变化。

林杨自己明确地说过："这件事情与楚天阔无关，凌翔茜情绪不稳定，单恋楚天阔，一切都是她自己的选择，楚天阔没有义务去解决她的心结。至于那天的保送生考试，他就更没有必要为了寻找凌翔茜而放弃考试……"

然而在这些事理分明的陈述结尾，他微微勾起嘴角，带有一点点敌意地说："楚天阔，我真的没怪你。我和周周、蒋川去找她是应该的，因为我们四个，有感情。"

有感情。

最后一句话含意不明，刺得楚天阔笑容僵硬。他破天荒保持了沉默，也保持了那个尴尬的微笑。

再怎么不端架子，再怎么和蔼可亲，在关键时刻，林杨终究还是显露出了他那不食人间烟火的道德高标准。

让楚天阔最最厌恶却无能为力的样子。

"周周，正好我有点儿事情，想和你聊聊。有空吗？"

他大大方方地说，朝她微笑。余周周有点儿迷惑地抬起头，眨眨眼，答应了。

林杨在一边动动嘴唇，似乎想要问句"什么事"，却连自己都觉得这种举动欠妥，所以表情有些别扭。

楚天阔心里笑了一声。

他自己也不知道是解气，还是羡慕。

羡慕林杨那种喜怒形于色的资本，那种直到十八岁仍然保持纯良天然的资本。

余周周也看了一眼林杨，眼睛里面带着一点儿笑意，不知道是安抚还是揶揄。

楚天阔心里的笑声蓦然变成了叹息。

果然不是解气，只是羡慕。

他又想起这两个人牵着袖子狂奔出考场的样子，脚步声踢踢踏踏，都踩在了他心里。

林杨一步三回头的傻样惹得余周周"扑哧"笑出声来。

楚天阔却用余光观察着她手里的卷子。

似乎考得并不很好。

他突然很想问，如果高考的时候就此失利，与名校擦肩而过，你会不会无数次地想起某个早晨，为了一个不是很熟悉的女孩子，放弃了选择人生道路的重要机会？

真的不会后悔吗？

余周周这时将卷子平铺展开在窗台上，大大方方地审视，最后叹口气，半真半假地说："好难啊。"

那种坦然，轻而易举地撞碎了他心里的一角。

"你和陈见夏，高一的时候在咱们班是同桌，还记得吗？"

余周周点头："当然。"

"她……她和分校的一个学生早恋的事情，你知道吗？"

楚天阔自己也知道这几乎算是没话找话了，只能硬着头皮说下去。

余周周似乎在猜测他的意图，只是点点头。

"俞老师和她谈了很多次了，没有结果，所以想要我做做工作。我周日的时候请她喝奶茶，谈了一下午，没有一丁点儿成果。"

他说着，就想起陈见夏当时清澈明亮的眼睛。对方如此执拗地盯紧了他，让他蓦然想起两年多以前烈日炎炎的午后，开学第一天。

仍然是这双眼睛，彼时羞怯地望着他道谢，目光躲躲闪闪，远不如现在坚定勇敢。

陈见夏是振华响应"优秀教育资源共享"的号召，从省城以外的各个县城招上来的资优生之一。羞怯又敏感的女孩子从偏远的小城镇来到振华寄宿，年纪轻轻独自离家，难免会脆弱些，又遇到了学校里玩世不恭家境优越的二世祖李燃，很自然地把持不住，在对方糖衣炮弹的攻势之下，沦陷了，迷失了，在最最关键的高三时期，执迷不悟。

以上是班主任俞丹对陈见夏早恋情况的概括，然而在那一刻，楚天阔注视着对面这个一向目光闪烁的女孩子眼中从未有过的明亮执着的神采，感到前所未有的迷惑。

甚至比保送生考试中毅然奔出教室的那两个身影还让他迷惑。

"她对我说，和李燃在一起，她的成绩并没有下降；不和李燃在一起，她的成绩也不会有进步。她说自己已经学习到了极限，突破不了了，成绩不能成为拆散他们的借口。"

余周周听着，表情愈加迷惑，却并没有出言打断。

楚天阔也不知道自己究竟想要说些什么。

只是继续顺着思路讲下去。

"其实我真的没有想要做俞老师的说客去说服她。你知道，我自己也不是没有……没有喜欢过别人。"

余周周无声地笑了一下。

"我只是想问她：'见夏，你付出那么多努力，有机会从家乡到振华来读书，成了你父母的骄傲，让他们不再偏心弟弟。你不觉得……功亏一篑吗？'"

楚天阔的语气中没有一丝的规劝和指责，满满的都是单纯的不解。不知道为什么，余周周因为这些直白得有些吓人的话，而变得神色缓和。

甚至仿佛窥视到什么一般，有些善意的温柔浮现在脸上。

"她说，做什么事情都会有后果的，下了决心，就愿赌服输。李燃告诉她，父母对子女和子女对父母的爱都应该是不问理由并且无条件的。她来到振华，这样努力地用'有出息'来跟天生受宠爱的弟弟争抢任何东西，都是很可笑，也很可悲的。"

似乎说完了，似乎想表达的又不止这些。其实楚天阔只是一时冲动，自己也不清楚为什么叫住余周周讲这些乱七八糟的。

"其实我高一的时候，有一点儿小小的疑问。"余周周笑得狡黠，"你为什么格外关照陈见夏？"

楚天阔刚想摆摆手，解释自己对陈见夏没有不良企图，突然明白对方这个问题背后真正的意思。

楚天阔的优秀体现在情商和智商的每个方面，他惹人羡慕却不招人嫉妒，人缘非常好，但是向来没有和谁过分亲近。每个人都拥有自己的小圈子，楚天阔的圈子有时候大得能容纳所有人，有时候小得只剩下他一个人。

家境平常、容貌平常、个性也不鲜明的陈见夏如何能在高中三年的时间里一直和他保持着接近于真诚的朋友关系，他自己从来没有想过。

"我不知道别人看不看得出来，至少我觉得，你对她的照顾和体谅，有时候真的超出你……超出你平时维护人际关系，保持万人迷所付出的努力程度，"她结束了这句有些复杂的话，挠挠头，又笑得眯起眼，"你能不能诚实地告诉我？"

诚实地。

楚天阔的目光追随着楼下被冷风裹挟，穿越了大半个操场的黑色垃圾袋，沉默了很久。

"可能因为……"

他就停顿在那里。

也许因为她军训晕倒后被他背到医务室，脱鞋子的时候，他发现她的袜子破了个洞。

也许因为期末考试之后大家一起去吃西式烤肉，她第一次拿起刀叉，茫然无措，又努力伪装镇定，小心而虚荣的样子。

也许因为她背着一身的负担，孤军奋战，没有退路。

也许因为，他们同病相怜。

楚天阔实在无法说明，那个小镇女孩身上所有的慌乱局促和小里小气，有多么像他。

他知道，余周周不会信，所有人都不会信。

他更知道，她和他们一旦相信了，就会一起心怀悲悯地看着他，默默地、略带开心地想着，哦，原来如此。

原来楚天阔是这样的一个人。

原来楚天阔曾经那样刻意地把自己培养成从容大气的人，原来楚天阔出色的打圆场和转移视线的能力，都起源于当初回避一些他丝毫不懂得却又害怕因此而被嘲笑的话题，原来楚天阔不是个家境优越的贵公子，原来楚天阔，很穷酸。

"周周，你觉得，我和林杨的区别在哪里？"

余周周冷不丁听到一直沉默的楚天阔开口说话，惊得"啊"了一声，反应过来之后只是一笑，等候他自问自答。

"说得肉麻点儿，"他笑，盯着那四下翻飞格外张扬的垃圾袋，却不看她，"如果命运是一条河……

"区别就是，如果命运是一条河，那么他顺流，我逆流。"

"这个孩子，生在我们家，真的白瞎了。"

楚天阔一直记得这句话。

他的爷爷这样讲，在他小荷才露尖尖角的年纪。半是赞赏，半是惋惜。

那时候的楚天阔只能听到夸奖的那一半，心中有小小的骄傲，直到再长大一些，才听到里面浓浓的辛酸。

父母都不是生得好看的人，也都没有多少文化。父亲当年因为心理素质不过关，高考弃考；母亲初中文凭，端着一张尖酸市井的面孔。

偏偏楚天阔，长得像个王子，聪明，懂礼貌，性情温和。站在哪里都那样出挑，出色得没有办法，想泯然众人都不行。

他什么都没有，他什么都有。

所以爷爷会说，如果是个但凡有点儿背景的人家，就能把他托上天。

但凡。

"文革"之后一蹶不振深受创伤的爷爷，曾经喜欢耍笔杆子，直到后来说话也文绉绉的。

所以他给孙子起名叫楚天阔，而不像他的儿子，叫楚国强。

楚天阔四年级的时候，老人突发心梗，毫无预兆地离世，让他有太多积攒着等待"以后再问"的问题都再也没有了以后。

比如，他的名字为什么叫楚天阔。

"不说这些了。"他有些清醒过来了，赶紧给自己纷乱的思绪刹车。

"你什么都没说。"

余周周无情地指出了这一点。楚天阔不由得抱歉地笑了笑，甚至以为对方下一秒钟就要说"如果没什么事情那我回班自习去了"——他今天的举动的确非常莫名其妙。

余周周却没有走，和他一起站了半天，才不慌不忙地开口。

"你知道吗？其实我很早就看到过你。"

楚天阔有些讶异。他从一开始注意到余周周的与众不同，就是因为对方是他见过的唯一第一次见面的时候，就毫不遮掩地直视他的眼睛看起来没完的女生。

那种审视的目光，难得地没有让他不舒服。

"怎么？"

"应该是我小学五年级的时候吧，有天翻我上大学的哥哥的报纸杂志，突然间在某一页看到了一幅大广告，一个戴着红领巾的男孩子坐在电脑前，露了大半个侧脸。我忘记广告是哪个电脑品牌了，TCL还是方正、神舟的……反正我只记得那个男孩子长得特别特别好看，比陈桉都……"她突然停住了，像咬了舌头一样，过了一会儿才继续，"反正特别好看。"

楚天阔没有说话。

"不知道怎么，脑海中就模模糊糊地留下了这么个印象。我刚才站在你旁边侧头看你，突然间想起来这张广告了。虽然长大了，但我确定那一定是你，怪不得我第一次见你就觉得特别熟悉。"

余周周说完，就去看他的反应，没想到对方就像尊石雕，一言不发，一动不动。

好像隔了一百年，楚天阔才仿佛下了多大的决心一样，转过身对她说："我跟你讲个故事，你不可以告诉任何人，可以吗？"

余周周点头："如果那是个诚实的故事的话。"

诚实的故事？

幸福就是学会毫不愧疚地埋葬真相。

楚天阔再次回过头的时候，黑色垃圾袋已经不知道飘到哪里去了。

楚天阔不喜欢去江边。

暮霭沉沉楚天阔，越是阴天的时候，看到广阔的江面，他就会觉得内心憋闷。

也会被江边耸立的那栋高耸入云的望江宾馆刺痛。

四年级的某个深秋的早上，他小心翼翼地踏入宽阔漂亮的大厅，兜兜转转不好意思问人，好不容易找到电梯，轻轻按了一下按钮，忐忑不安地等待着。

老师说这是个非常好的机会，人家大电脑商要选一个品学兼优又长相出众的孩子去给新的学生品牌电脑"炫亮少年"做代言人——楚天阔并不很清楚代言人究竟是什么，直觉那是非常不错的一个身份。

爸爸骑着车，他紧紧搂着父亲的腰，埋首躲避迎面而来刺骨的深秋寒风，甚至想象得出父亲脸上可能会有的龇牙咧嘴眯着眼的表情。

初长成的少年，渐渐懂得了攀比，明白了虚荣和耻辱，一边是沉沉的对父亲的爱，另一边是初具规模的判断力——带给他不屑和抗拒。

不屑于他们的胸无大志得过且过，抗拒他们的贪小便宜鼠目寸光。

然而终究是最亲爱的人，最疼爱自己的人。

刚刚踏入成长轨道的少年，没有人能告诉他究竟要怎样看开。

所以跳下车，告诉父亲："我自己进去。"

他父亲嘿嘿笑着，因为长年抽烟而被熏得发黑的牙齿悉数露面："爸爸陪你进去看看！你不知道，做广告是要给钱的，你是小孩，不懂，说不定大头都被你老师拿了。爸爸陪你进去看看，省得他们再糊弄你！"

他几乎感觉到自己额角的青筋在跳。

"爸！"

这声急促的呼喊惹得旁边来来往往的人纷纷看向他们，楚天阔转身就走。

也没有回头看背后父亲的表情。

十九层的商务展厅，工作人员正在调试设备，各种显示屏连着蜿蜒的线路在地上盘旋。他小心地一步步避开，四处询问，找到老师给的名片上面那个叫海润的工作人员。

一鞠躬叫"海老师"，把对方逗得大笑起来。

他不懂得这些人在布置什么，也不知道他们都是做什么的，反正是个活动，组织活动的人虽然上班了，可是叫声"老师"总不会错吧？

那个"海老师"亲昵地一把搂住他，对旁边的男工作人员笑着说："怎么样，我找来的孩子，当明天新品发布的形象大使，很不错吧？"

男工作人员哈哈笑着说"长得没我帅嘛"，一边给他胸前口袋插了一朵玫瑰。

暗红色，散发着浅淡的味道。

"明天用的装点花束，多出来几朵，拿着玩吧！"

他拿在手里，用鼻尖轻轻摩挲着，乖巧地说："谢谢您。"

后来，他最讨厌玫瑰花。

海润忙着指挥现场乱糟糟的布置，只是把他拉到第一排最角落的地方说："楚天阔是吧？嗯，楚同学你记住了，这样，你坐在这个最靠边的位置，明天这里会放上你的名牌。然后呢，你就穿上自己最好看的衣服，最好是衬衫，精精神神地等着发布会进行到最后一步。到时候主持人会喊你的名字，让你上台和我们的执行副总一起揭开新品牌电脑的红盖头，你呢，就站起来……"

她一边说着一边演示给他看："转过身，朝观众们挥挥手——记住别慌慌张张地站起身就往台上走哟，太没风度了。那个时候全场是黑的，只有追光灯打在你身上。然后呢，你再上台，和我们的副总握个手，站到展台的右侧，和他一人拉住一个角，慢慢掀起来……"

海润充满活力的微笑让他感到很惬意："这时候会闪光灯大作，很多记者都会来拍照，你不可以慌，保持微笑找个方向看着就可以了。差不多时间够长了，副总会再跟你握个手，你就下台，就可以啦！"

他乖巧点头，又依照海润的说法自己做了一遍。

"嗯，很不错，小白马王子，真有派头！明天见！"

他被送出门。回头看到那个一身职业装、无比干练风情的大姐姐和美丽展厅中无数如她一样的人，楚天阔突然心里有些痒。

他对自己的名字又多了点儿感悟。

要看得很远，要知道更多，天是高远的，不要做井里的蛤蟆。

忽略那天夜里母亲对酬劳的询问，父母为了"天天明天穿哪件衣服更好看"的争执，楚天阔把头埋进枕头里，心里不知道是紧张还是兴奋。

明天自己的一个很好的伙伴，学习委员那个小丫头，也会一起去。

是那个娇生惯养的小姑娘自己求老师的，那个年纪也不怎么懂得避讳，只是很纯粹地关注。楚天阔本能地喜欢这个见多识广、养尊处优又深深崇拜着自己的漂亮女孩子，当然，他更喜欢这样一个优越的女孩子缠着自己。

小小少年无伤大雅的虚荣。

他盯着自己房间发霉的那一角——楼上蛮不讲理的人家屡次水漫金山，两家吵翻了天，又着腰在楼道里对骂，姿态难看得让楚天阔很想撞墙。

他从来没有邀请过任何人来自己家里玩。

门外隐约传来至亲为了自己明天光鲜的一面而策划而争吵的声音，他心里的感恩和鄙视拧成了一股丑陋的绳索，将他缠绕得窒息。

第二天是阴天。

他永远记得自己站在望江宾馆前那一刻瞥向江面时的场景。

银灰色的大江滚滚东逝，漫天铅灰色的云，分不清天地，看不出是谁映照着谁。

第二次进入望江宾馆，他驾轻就熟，自信了很多，直接就在电梯边找到了等在那里满面笑容的小丫头。

"哇，你今天真帅！"

他抿嘴笑，有点儿羞涩。

十九层，商务厅里面已经陆陆续续坐满了宾客，后排记者的"长枪短炮"让那个小丫头也咂舌不已。

她独自坐在门口加的一排凳子上，楚天阔走到角落自己的位置坐好，手心有点儿出汗。远远看到海润自信张扬地微笑问候，心里终于稍稍平静了些。

之后很快他就被会议本身吸引了。

开篇就是长达十分钟的宣传片，介绍企业，介绍以往的辉煌，介绍产品，介绍高管……他目不转睛，似乎第一次接触另一个很高很高的世界。

包括主持人好听标准的普通话，不带任何口音，仪态翩翩，比学校老师强太多——更何况他的父母。

副总上台发言，讲桌边摆着一大束鲜花束成的花球。他忽然想起书包里还装着那朵玫瑰。

是不是，整个书包都会自然地染上那股香气？

全场灯光终于暗淡下来，主持人用好听的声音宣布："下面有请全市优秀学生代表，来自育明小学的楚天阔同学，与我们的何总一同为'炫亮少年'学生电脑揭开神秘面纱！"

楚天阔反而不怕了。

他从容地站起身，爷爷所说的那种天生的贵气战胜了恐惧。他直视着幽兰的追光和亮成一片银河的各色闪光灯，招手，笑容淡定，意气风发，有种不属于少年人的大气成熟。

直到缓缓揭开电脑的红盖头，他的笑容都不曾僵硬，仿佛已经演练了多年。

楚天阔似乎在那片闪亮中看到了自己的未来。

发布会结束，剩下的就是自由交流和答记者问阶段。现场轻松了很多，记者跑到前面去拍电脑，下面很多宾客互换名片交谈甚欢。小丫头开心地跑过来，语无伦次地夸奖着他的表现。

他依旧只是抿着嘴笑，这次不再是因为羞涩。

"楚天阔，你过来！"

他回过头，海润正站在一堆记者中间大声喊他。

不知道为什么心里有些慌张，他走过去，被按到电脑前乖乖坐下。

眼前一个打开的空白文档——楚天阔的学校没有机房，自然也没有电脑课。他也只是在亲戚家才接触过一点儿，玩过几局扫雷和纸牌游戏。

甚至初中之后他才知道，那一刻眼前打开的大片空白，名字叫记事本。

"楚天阔，记者想要拍几张你和咱们新品牌的照片，别紧张，自然地打字就好，不用摆姿势，让他们随意抓角度拍几张就好。"

他怎么可能不紧张？

僵硬地把手放在键盘上，半天也不知道应该按下哪个键。

"输入法切换到智能 ABC 了，你就打上'炫亮少年'几个字就行了，我们从背后和侧面拍几张。"一个记者在一旁不耐烦地催促。

被那么多"长枪短炮"对着。

楚天阔忽然很想呼救。

好像子弹即将戳穿他的面皮。他伪装的优越形象。

他缓慢地在键盘上找到根本不按照规律排列的 xuan，打出第一个"炫"字，然后不小心碰了某个按键，屏幕上面就被两个硕大的字抢占了空白。

"炫耀"。

周围几个记者开始笑："这孩子根本不会打字啊，怎么用电脑啊？"

楚天阔感觉耳朵在烧，抬起头，看到海润有点儿尴尬的表情。

后来是怎么结束的，他都不记得了。

也不记得那个塞给他玫瑰花的年轻工作人员把四百元钱塞到他手里说"这是酬劳，谢谢小同学"的样子。

也不记得那个一定会用电脑的学习委员小丫头脸上复杂的表情。

也不记得海润姐姐笑着拍他的肩膀安慰"其实表现得非常非常好，别往心里去"的美丽姿态。

也不记得爸妈拿到四百元钱高兴地摸着他的头说"我们天天就是有出息"的时候那种炫耀的语气。

更不记得很快班里的同学都知道他不会打字并争相询问"楚天阔，你家没有电脑"的盛况。

他是个不会打字的小王子。再美丽的展台和追光，也都成了照妖镜。

书包里的玫瑰，早就不经意间被书本碾成了花泥，染得数学书上一片胭脂红。

"是不是觉得我挺变态，七年前的破事，一直记到现在？"

余周周低着头，不知道在想什么，没点头也没摇头。

她看到的楚天阔，固然是电脑前挺拔英俊的少年，然而她不知道，那个故作镇定的表情背后，是被戳穿和嘲笑的无力与惊恐。

他见识了更大的天空，也受到了嘲讽，明白了真相的可怕。

所以当他走出望江宾馆，看到在冷风中被吹皱一张脸的父亲正在等待的时候，心中五味杂陈。

这个世界的有些矛盾，太早就跑来困扰他。

比如父亲一边辛苦地等在冷风中，不进门惹他难堪，关切地问候他"累不累冷不冷"，一边又很急迫地询问"人家给没给钱？"。

比如学习委员小丫头喜欢他的优秀雅致，却在看到"炫耀"、看到他的父亲的时候，一脸的惊讶和鄙弃。

比如他自己。

"其实我也不知道今天想和你说什么，说着说着又开始纠缠当年丢脸的小插曲……我明白我很虚伪，活得挺累的。不敢有一点儿差池，不愿意得罪任何人，塑造着一个假模假样的……"他自嘲地笑，却被余周周打断。

"我知道，林杨因为凌翔茜的事情说了一些比较冲的话。他没大脑，你不要往心里去。你和林杨不一样，各有各的资本，各有各的选择，你没有做错什么。"

楚天阔只当她是说些漂亮话，因为这种漂亮话谁也没有他自己说得多。

"哦，是吗？"他笑。

"我知道，你很好奇我和林杨怎么能那么不顾大局，你也很好奇曾经和你很相似的陈见夏怎么就一下子魔怔了、奋不顾身了——但你只是好奇一下，偶尔感慨一下自己的青春没有我们这些人张扬……"

她直视着他的眼睛。

"但是你并不认为自己有任何错误。"

楚天阔不再笑。

"事实上，你也没错。你跟我说这些，只是好奇，自己努力地为了过得好而付出了很多，内外兼修，但是好像也并不怎么快乐，那么，像我和林杨，我们有没有后悔，是不是比你开心，比你满足——你只是好奇这件事情，对不对？"

长时间沉默之后，楚天阔慢慢开口："那答案呢？"

余周周笑："我只能告诉你，如果你做了我们做的事情，你会比现在更难受。"

所以不必再好奇，也不必改变。

每个人都不是一夜间成长为现在这个样子的。

他有他的选择，无关对错。

算计和经营着的青春，也未必不精彩。

余周周离开的时候，告诉他自己见过凌翔茜了，她很好。

"我猜，你和她在一起的时候，一定很紧张，很疲惫。"

他没有反驳。

他不是不喜欢那个美丽的女孩子。

只是害怕，害怕她发现自己不会打字的那一张脸孔。事情发展成这样，他不是不可惜。只是如余周周所说，其实他并不后悔。

也不遗憾。

走错路的孩子，并非不是好孩子。

那么，一步也没有走错过的孩子，是不是很可怜？

楚天阔决定，再也不去想。

只是闭上眼睛，就会在这个仿若深秋的初春，想起那天早上凝重的江面和无边的灰云。

他忽然念头飘到不相干的地方去了。

明明叫作楚天阔。

偏偏那句词的前四个字是"暮霭沉沉"。

刹那间懂得了自己的爷爷。

还好，他是后三个字。总有一天，站得足够高，就可以突破小小的天地和格局，望到云层外面去。

他要的是明天。

那些活在今天的人，永远都不会懂。

米乔 & 奔奔番外
未完成

- 米乔可以说她不到二十年的人生没有遗憾，她恣意张扬，坦荡快乐，无愧于心。

- 然而最大的遗憾，就是她再也没有制造任何遗憾的机会了。

- 后来的后来。

- 她还有太多的故事，没有来得及发生。

"其实我第一次遇见他啊，根本没记住他长什么样子。"

米乔再次从鬼门关逃出来之后，精神头儿大不如前，总是倦倦的，倚在靠垫上，每说一句话都费好大的劲。

发现对面余周周的目光中满是不忍，她在对方出声劝阻前一秒笑着摆摆手，看到自己的指关节在阳光下闪过，苍白突兀。

太瘦了。

"没事，我不累。我必须跟你讲讲。"

余周周动了动嘴唇，安分地坐下。

米乔微笑。

再不讲，可能就要憋在肚子里，永远带走了。

米乔第一次见到奔奔，甚至都没有看清对方的脸。小学三年级开学的第一天，她正骑在班里最调皮的小胖子背上，左手掐着他后颈的肥肉，右手指关节死磕着他的额角。

"服不服？你还有什么好说的？嗯？你倒是喊啊，喊大家伙选你当班长啊？就你，想当班长，我呸，有种就揍我啊！你不是吹牛能把我揍趴下吗？看看现在趴下的是谁？！"

小胖子连哭带叫地求饶，由于半边脸贴着地上，嘴里也就含糊不清，光吐白沫。周围一圈女生大声叫好，其他男孩子一脸惊惧，跃跃欲试半天，到底还是缩在了外围。

就在这时，闹哄哄的人声中，一个细声细气的男孩声音格外突兀。

"请问……你是班长吗？"

她满不在乎地抬头，很潦草地扫了门口站着的小男孩一眼，低下头去继续压制扭来扭去的小胖子了。

眼珠一转，便故意大声叫起来："找班长？你找哪、一、个班长啊？"

每个字都咬得狠狠的。

周围人起哄更甚，胖子在她手下苟延残喘地扭动了两下，被她一拳打老实了。米乔用余光看到近在咫尺的一双小白鞋不安地挪动了一下，鞋的主人尴尬扭捏地小声说："叫……米乔？"

全体女生举手欢呼，米乔再接再厉狠狠拧了小胖子两把，兴奋得满脸通红，一个鱼跃跳起来，大声地指着周围："听见没有？谁是班长？！"

"米乔！！"周围的群众就差高呼万岁了。

她这时候才得意地看向那个清秀好看的小男孩："喂，你找我什么事啊？"

小男孩窘迫又有些恐惧地看着她，轻轻地说："郑老师让我找你，我是刚转学过来的。"

米乔这才恢复了小班长的几分正经，正了正领子和一头乱蓬蓬的短发："哦，哦……同学你好。我叫米乔，你叫什么？"

"我叫冀希杰。"

她点点头，被小男孩明亮的眼神盯得有点儿毛毛的。

什么嘛……娘娘腔，一个男生，那么有礼貌干吗，拿腔拿调的……

她指着第二排空出来的那个位置："郑老师跟我说了，你坐那里。"

余周周听到这里笑起来："嗯，奔奔的确就是那样的，和其他野蛮的小男孩不一样。"

一想到奔奔后来一副小混混儿——或者说，花泽类式小混混儿的形象，她不由得冷汗直冒。

米乔似乎明白余周周在想什么。她虚弱地笑了一下："得了吧，就他原来那副小白脸的弱样，在我们那片儿的孩子里面混，不出三天就能被揍成夜光的！"

余周周再次抬手抹了一把头上不存在的冷汗。

米乔并没有夸张。城乡接合处的小学，每个年级最多不超过两个班级，整个学校的前途摇摇欲坠，一副有今天没明天的样子。学校里面的大多数孩子都是附近的工厂或者荒地里面从小打到大的，很容易拉帮结派，分场次火并起来。

米乔这个班长是完完全全靠实力打天下得来的，与其说是班长，不如说是江湖盟主。和余周周整天满脑子兵不血刃的侠客幻想不同，米乔从来没有时间幻想什么，她的世界充满真刀真枪——即使是塑料的。

米乔一面维护着各大帮派的基本秩序，一面又不得不每天抽出时间来关照一下冀希杰，不让他被别人欺负得太狠——这个白白净净的小男孩就像从文明世界的游览车投向野生东北虎林园的一只小白羊，不撕碎了他，虎字倒着写！

当她又一次把他从叠罗汉的人堆底下捞出来的时候，当年抢班长失败的胖子终于领着其他男生一同起哄："米乔大班长，你是不是喜欢这个小白脸啊？"

没有人清楚小白脸到底什么意思，反正冀希杰长着一张小白脸，这就够了。

"滚，胡扯什么，我是班长，怎么能看着你们欺负他?!"米乔涨红了脸。

"哟，大班长，当年是谁骑着别人压着往死里欺负来着？"除面色尴尬的胖子之外，其他人听到这句话都大笑起来。

"真以为我们怕你一个女生啊？那是给你面子，把这小子留下，你滚吧。谁也不稀罕再和你抢班长了，班长算个屁，你当你的，我们玩我们的！"胖子适时将话题转了回来。米乔瞥了一下眼眶里面亮晶晶闪着不明液体的鼻青脸肿的小白脸，叹了口气。向来崇尚拳脚功夫的她，不得已弯腰捡起了一大块砖头。

幸而地理位置好，背后就是垒得高高的砖墙。

所有男生都后退了一步，冀希杰也是——他退到了米乔身后。

"我的确打不过你们这一群人。不过我至少能撂倒一个。不一定是哪个不长眼的挂彩，有种就一起上啊！"

米乔声音有一点儿沙哑，黝黑的细胳膊略微颤抖地托着不成比例的硕大红砖，颇有一种鱼死网破的悲壮感。

场面陷入僵持，对面的男生看到米乔认真起来了，集体傻眼，交头接耳半天，谁也不敢动，撤退又没面子，只能干站着。

毕竟，谁没被她揍过？

但是这么多人被一个小姑娘喝退，像什么样子，以后还在不在这片儿混了？他们不是两三岁的小孩了，笑话，大家都是四年级的人了！

敌不动我不动，然而米乔即使气势足足，胳膊也明显越来越抖。

就在这个时候，被大家忽略了的小白脸冀希杰，弯腰抓起了两块红砖，左右手各一块，在所有人惊讶的目光中，仰天长啸，"啊啊"大叫着，不管不顾地朝着对面的人群猛冲过去！

男生们完全反应不过来，瞬间就被砖头撂倒了两个，其中一个就是领头的胖子。冀希杰自然是有分寸的，他只是拍向别人的肩膀或者后背——当然这也和他没力气举起来拍脑袋有关——所以胖子他们受伤并不严重，顶多擦破皮。然而阵形还是乱了，乌合之众四散逃窜。很快就只剩下胖子，因为受伤了跑得慢，被冀希杰拎着砖头骑在身下。

看到米乔还拎着砖头傻站在原地，冀希杰把砖头压在胖子短粗的脖子上，转过头朝她喊："愣着干什么？"

米乔张大了嘴巴："你……吃错药了？"

冀希杰满不在乎地一笑："我就是看你那块砖头快要拿不住了。再等下去，咱俩都得挨揍。"

米乔眨眨眼睛，心里不知道是什么感觉，像被羽毛扫过，痒痒的。

这才清醒过来，手一松，砖头落地，扬起一片尘土。

她只是匆匆地朝冀希杰一笑，示意他让开。

然后驾轻就熟地骑到胖子身上，狠狠就是一拳。

"我他妈就知道你这个死胖子还是对班长不死心！！"

他们两个一同坐在稍微矮一点儿的砖堆上，书包垫在屁股下面，用胖子的外套擦干净手，并肩看着他一瘸一拐地落荒而逃。

这是第三次放生。

第一次放开胖子的时候，他脱口而出一句经典台词："米乔，你他妈给我等着——"

然后被米乔拽着领子一把拖回来："你姑奶奶我等不了！"

当然是一顿打。

第二次放生的时候，胖子学乖了，二话不说转身就跑。

米乔又是拽着领子一把拖回来："连个再见也不说，你眼里还有班长吗？没礼貌！！"

当然又是一顿打。

第三次胖子赔着笑脸说尽了好话连滚带爬地跑远，米乔只是板着脸说了声"再见"，没有再找碴儿。

"怎么不打了？"冀希杰抱着胳膊站在一边问。

米乔幽幽叹口气："打不动了。他的肉都是有弹力的，打得手腕疼。"

余周周听到这里，不由得担心地看了看米乔现在空荡荡的病号服袖子——不知道现在的胳膊是不是比那个举起砖头的四年级小姑娘还瘦弱。

就是这样的小胳膊托起砖头，彻底改变了奔奔。

其实米乔从来不相信一个人可以彻底变成另一个人。也许因为她自己从来不曾改变过，无论经历什么，她仍然是米乔。小时候的朋友看到她，聊两句，就会说："嘿，你跟小时候一点儿都没有变。"

有些人变了，要么是因为隐藏了一部分，要么是因为展露了一部分，而无论选择隐藏和展露，那变化的一部分都不是凭空消失或者多出来了——它原本就在你身上，一直都在你身上。

当冀希杰遇见米乔，他隐藏了习惯性躲在余周周等人背后的依赖感，展露出作为一个男孩子的血性和阳刚。

而米乔呢，遇见冀希杰，她又把什么藏起来了呢？

被男生们斥责为小白脸的冀希杰，其实早就被班级里面的小姑娘们注意上了。自古男人和女人的审美就不一样，冀希杰就是明显的例子。哪个女孩子不喜欢白皙好看、不讲脏话、常常微笑的男生呢？

听到这套理论，米乔自然嗤之以鼻。坐在后排的胖丫头不甘示弱地反击回去："你反对什么，跟你没关系，你是女孩子吗？"

米乔并不生气。

她不觉得"女孩子"这个称号有什么值得争抢的。

虽然有一点点不平衡——她像老母鸡一样凶巴巴地跟胖子他们抢地盘，很多时候都是为了护着班级里面比较弱势的女同学（当然现在还包括弱势的冀希杰），然而令人沮丧的是，其实她们并不十分认同米乔这位保护者——至少是在她的性别方面。

虽然表面上是呼风唤雨的孩子王，然而随着年龄的增长，她越来越孤单。

还好，现在她有冀希杰。

米乔将看家本领倾囊而授，冀希杰毕竟是男孩子，学起来很快，力气也大得多，在学校里面很快就树立了威信。男生们自然不敢再轻易欺负他，也不敢贸然拉拢，通通处于观望之中。

冀希杰如此之快地出师，让米乔在欣慰之余很快就生出一种忧郁感，仿佛母系社会和女权时代即将终结。

她的江湖是一拳一脚打出来的，可是终究有一天，所有的男孩子都会比她高，比她壮，比她会打。

而所有的女孩子，早就比她温柔，比她会打扮，比她像个女生。

她站在中间，心中无限沧桑。

很久很久之前，有个什么什么斯基的名人说过，骑墙是没有好下场的。

到了五年级的时候，米乔顺理成章地拥有了一个像样的小跟班。他拥有一切跟班的优秀素养：白白净净，受女生倾慕，不怎么讲话，心思细腻，老大打一个响指就知道该递旺旺棒冰还是麦丽素。

当然，跟班这种事情是米乔臆想出来的。冀希杰跟着她，只是因为他和她一样孤单。

与此同时，胖子他们开始变本加厉地起哄："米乔喜欢冀希杰！"

当时米乔抓狂地大吼："都给我叫班长，反了你们了?!"

全体肃穆，之后所有人都反应过来，令米乔愤怒的是他们没有称呼她为班长，并没有反驳这个谣言本身。

于是更是漫天遍地的"班长喜欢冀希杰"，流言在校园里面转着圈地嚣张。

米乔气昏了，她终于有一次红了脸不是因为打架打得热血沸腾。

她急急忙忙找到冀希杰，拍着桌子大叫："你他妈以后别老跟着我！烦不烦啊？"

冀希杰正在埋头拆凳子腿，显然是为了放学后迎战隔壁班的几个找碴儿的男同学做准备，听到后头也不抬地说了声："知道了。"

得到这样干脆回应的米乔反而愣住了，呆站了足足有半分钟之久，直到冀希杰抬起头，惊讶地问："你怎么还在这儿？"

米乔张大嘴想要喊点儿什么来挣回面子，然而所有能说的话都在那一瞬间堵在了喉咙口。她的脸越憋越红，大脑空白地一把扯过冀希杰手中的凳子腿，猛地一拧，钉子竟然被生生拔了下来，凳子随之解体。

"米乔，你是女金刚啊，我卸了这么半天都没……"

"女金刚个屁，你再叫一句试试?!"

冀希杰并没有被她虚高的嗓门恐吓住，反而有些故意挑衅地询问："那……叫班长？"

米乔突然觉得鼻子有点儿酸，狠狠地拍了一下桌子，震得半边手臂发麻，转身落荒而逃。

"班长，有人闹校！"

正郁闷的时候，胖子忽然一蹦三尺高地窜过来，一半恐惧一半兴奋地朝她跑过来。

"闹校"指的就是外校的混混儿大举来袭。有时候是为了私人恩怨或者帮派恩怨，有时候只是对方穷极无聊单纯找碴儿。米乔闻声，赶紧放下自己心里那点儿小情绪，跟着胖子冲了出去。

这时候，自己班级的大部分同学都在那个拥挤的小操场上上体育课，如果出了什么危险，那就都是她的责任了。

"有种的都他妈给老子站出来！来来来，站出来啊！"

人手两块砖头的四五个流里流气的高年级男生，站在一人多高的围墙上面，一看就是外校闲得无聊的江湖人士。

仗着自己背后占据有利地形的哥们儿掩护，有个发型古怪的高个子男生索性跳了下来，伸手扯住了一个小女生的领子，然后揪住女生的小辫子咧起嘴哈哈笑。

由于对方显然比操场上的现有群众年纪大一些，手中又有武器，平时嚣张的男生们纷纷胆怯地向后退，然而一个眼尖的女生突然指着天空大叫起来。

半块砖头，在众人头顶划过一道优美的曲线，然后擦着墙上的某个小个子男生的耳朵急速飞了过去。

虚惊一场，然而小个子男生由于闪躲不利失去平衡，一头栽了下来。

"一群傻×，难道不会站远点儿砸他们啊！都是吃屎长大的啊?!"

众人瞠目结舌地回头。

米乔，脏兮兮的校服迎风招展，脑袋刚好挡住落日，余晖渲染着她的轮廓，愣是把她烘托出了一种特别的气质。

于是在吃屎长大的大家心里，她再次模糊了性别，无论说什么做什么都带着一股逼人的爷们儿霸气。

刚刚醒过来的众人四散开来，寻找可以当作武器投掷的东西，墙上墙下的大战一触即发。米乔趁着墙下高个子惊慌失措的瞬间，从斜里冲过去，猫着腰一头撞在他左腰后方。高个子始料不及，痛得撒手。米乔趁机冲着被抓做人质的女生大喊："你他妈傻了啊？快跑啊!!"

女生这才哭哭啼啼地跑出危险地带，因为几乎是下一秒钟，群众的砖头就不长眼地朝着自己人飞了过来。

大家只记得捡东西往围墙上面抛，却没有人关心墙下面深入虎穴的米乔。

很多年后看到张艺谋导演的《英雄》，导演仰拍密密麻麻的箭雨从天而降朝着李连杰飞过去，米乔仍然打了个寒战。

那几乎就是那一天她仰头看到的天空的翻版。

"你他妈傻了啊，还不跑！"

她刚刚骂醒那个女孩子的话，这么快就回报在了自己身上。

米乔第一次体会到被人护在怀里的感觉。

但是因为太快了，对方又是一身排骨小身板，她并没有什么特别的感觉。

如果说有的话，恐怕就是他的呼吸喷在自己耳朵上，那种热热的感觉。

很热很热。

"哦！英雄救美喽！"余周周眨着眼睛起哄。

米乔没有接茬儿，似乎还没有从回忆里走出来。

她只是低低地喃喃道："可惜一点儿都不美。"

冀希杰冲上来把米乔护在怀里，自己背对着群众从天而降的砖头、瓦片、石头子儿、塑料瓶，将她快速地拖出了战场。中间究竟挨了多少下，米乔不得而知。

闹校的人终究还是数量少，很快就被吓住了。除了两个人翻墙跑掉了，其他跌落下来的，通通被赶来的体育老师拎去教导处问话处理了。

群众正在欢呼庆祝的时候，米乔一个猛虎扑食就推倒了手里还捏着一个装了半瓶水的娃哈哈纯净水瓶的胖子。

"你干吗又打我……"

"别以为我看不到你趁乱使劲往我站的地方扔东西狠砸，我他妈就知道你还是对班长不死心！！"

胖子到底还是成长了不少，他挣脱了米乔的钳制开始逃跑。两个人围绕着小操场，在大家的起哄声中展开了追逐战。

谁都不知道，米乔必须跑起来远离大家，是因为她需要迎面而来的风消化掉自己脸上无法抑制的笑容。

她不清楚自己为什么想要笑，停不了。

也许是因为大难不死。

也许是因为揍胖子本身就是一件令人开心的事情。

也许是因为，刚才她脱离危险圈之后，那个人在她耳朵边嗔怪："真以为自己是女金刚啊，一个女孩子，小心点儿行不行?!"

这个人让她早就沉睡的性别意识猛然惊醒。

他说，她就是一个普通的女孩子而已。

米乔在奔跑的间隙转过脸，那个穿着米黄色 T 恤的身影离人群远远的。

手里还拿着那条被自己扯下来的凳子腿。

所以后来，她跑到正在往凳子上面装腿的冀希杰桌子前，大声地说："你以后还是跟着我吧，我同意了。"

对方仍然没抬头，只是淡淡地说："知道了。"

冀希杰从来都没有像其他人一样畏惧或者崇拜米乔。米乔暗自揣测，也许是之前过早地见到了自己举不起砖头那幻灭的一幕，所以他心里根本就没有树立起来过任何女神像。

然而不久之后，她便知道了，冀希杰的宗教是唯一真神论，而他早就有了自己的女神。

那个女神的名字叫余周周。

那个女神不打架，有文化，懂礼貌，长得好看。

米乔坐在水泥管子上搓着手背上积累了一天凝结的尘土，静静听着冀希杰的讲述，低头不以为然地笑了笑。

什么嘛，女版的小白脸嘛。

余周周听到这里，跳起来大叫："小白脸?"

米乔得意地扬眉："对啊，难道你不是?"

没想到余周周居然兴奋地跳到洗手台的镜子前面，摸着自己的脸微笑着说："谢谢米乔，你真好。"

米乔恶心得翻天覆地，这次绝对不是因为化疗。

米乔并没有很挂心小白脸余周周，因为五年级的末尾，冀希杰有了一个小女朋友。

周围一些发育早的女生已经有了月经初潮，男女生之间也开始有了一点点懵懂的相互吸引。冀希杰上次英雄救……救班长，加上几次和外校群殴事件中的出色表现，终于得到了男生们的一致认可。他更多地融入这个班级，对游戏厅和台球室轻车熟路，被大家召唤和需要。虽然还是不大爱讲话，但是也开朗了不少。

米乔从来没有居功自傲，把受人欢迎的小白脸冀希杰当成是自己改造的。她仍然坚信冀希杰骨子里面就有一种冷冰冰的邪气，但是又很有礼节，即使混在不三不四的男生中间，照样出挑得像个好孩子。

就是这样矛盾的体质，只是哪一边更占上风而已。

上次因为被救而泛起的一点点少女心情逐渐被阳光暴晒挥发，头顶有那么蔚蓝的天空，城郊有那么广阔的土地，在余周周因为奥数而哭泣的五年级末尾，米乔的头顶，仍然万里无云。

直到她看到不远处的冀希杰同学正和班里面一个公认的小美女牵着手。

米乔直到现在也没法解释自己当时的行为。她没有行使班长权力大叫着"我给你们告老师"，也没有狠狠一拍冀希杰的肩膀诧异地询问"你们干什么呢"——米乔虽然大大咧咧，但毕竟不是傻子。

然而，她并没有如听故事的余周周所料想的一样回家生闷气。

她跟踪人家。

并且跟到一半的时候，被冀希杰发现了。

冀希杰露出了一个看好戏的笑容，转回头继续走，把小女朋友送回家——幸好两个人并没有像电视上一样有什么告别吻，何况城郊一片破败老房子夹在修路建房的轰隆声中，怎么也浪漫不起来。

然后他走过来，站到躲在电线杆背后的米乔前面："你长得太宽了，电线杆挡不住，省省吧。"

你长得太宽了。

你长得太宽了。

你长得……太宽了……

这是米乔一生中永远难以忘怀的时刻。

他们已经很久没有一起坐在水泥管上面聊天了。以前能让话题继续下去的只有米乔，然而这一次，她也很沉默。

米乔本能地不喜欢自己此时的状态。她定定神，用平时一样大大咧咧的口气问："你的眼角怎么结痂了啊，又打架了？"

冀希杰笑了笑："哦，我爸打的。"

冀希杰从来不遮遮掩掩，即使不爱讲话，也从来不刻意隐瞒什么。

米乔并不是很善于交谈和寒暄的人，她当即跳起来："你爸？你爸？……我爸都没这么打过我，他每次都意思意思而已，你爸怎么那么狠啊？"

米乔的父亲是附近工地的包工头，没太多文化。米乔妈妈早年癌症去世后，他一个大男人独自拉扯三岁的小丫头直到今天，教育方式往往比较简单——买礼物，好吃好喝，绝对不委屈女儿，但是惹了祸，就一个字，打！

无论如何，米乔在附近打架出了名，越来越皮实，也愈加明白自己的父亲下手有多么轻。

"嗯，我爸打得狠。"冀希杰说。

轻描淡写。

米乔终于意识到刚才自己说了些什么。冀希杰和胖子他们不同，甚至和她也不同，她那时候还不懂气质，也不知道命运这回事，只是觉得，这个人，总归不是要混在他们之中的。

正如冀希杰那次认真地和她讲起他对余周周所说的"你和我们不一样，你总有一天会成为一个特别了不起的人"，米乔也很想告诉他，"你也和我们不一样"。

米乔不知道应该继续说点儿什么，冀希杰却自己开口。

"他平时对我还不错。我没有妈妈，是我爸一直带着我。但是他爱喝酒，喝多了以后，就变了一个人。"

说到这里，他转过头笑："我还得谢谢你呢，米乔，要不是你训练我的身手，我也不会躲得那么快。以前你看见我鼻青脸肿，那不是胖子他们揍的，那都是我爸。不过现在已经不会了。"

米乔有点儿别扭地说："不用谢……不过你和……你和……"

"哦，你说我女朋友啊。"

从十三岁不到胡子还没长出来的小男生的口中无比流畅地冒出这三个字，着实令米乔沮丧。

"昨天才交的，"顿了顿，冀希杰终于不再装酷，露出一点儿孩子的天真气，"她说喜欢我。胖子他们说，有女朋友很酷的。"

米乔无语，她想自己很长一段时间的生活都会是吃饭、睡觉、打胖子了。

"其实……"米乔顿了顿，用自己觉得最恶心的语气说，"你当我的跟班就已经很酷了啊。"

冀希杰非常认真地考虑了半天，缓缓地说："我觉得，还是有女朋友比较酷。"

后来冀希杰进步为"还是换女朋友比较酷"。

再后来，就是"还是有好几个女朋友比较酷"。

随着冀希杰声名鹊起，米乔也越来越迷惑。她不知道冀希杰究竟在追求什么。她自己只要活得健健康康快快乐乐就好，爸爸不苛求她有出息，她自己也没什么远大志向。然而冀希杰明显是心里有点儿什么小抱负的，但是一举一动，格外令人看不懂。

还没有等米乔看懂，冀希杰就不见了。

他逃课倒是常有的事情，但是从来没有连续逃这么多天。米乔跑去问老师，得到的结论是，冀希杰又转学了。

他的到来和离开同样没有任何征兆。

很多人说，冀希杰的亲生父母来接他了，亲生父母特别有钱，是开着漂亮的黑色轿车来把他带走的，冀希杰这下子交好运了……

胖子拍拍米乔的肩膀，小心翼翼地说："班长，这个是冀希杰临走前托我给你的……别打我啊，我也不知道他要转学，他都没跟我说过呢……"

米乔忘了揍他，一把抢过来，坐到台阶上慢慢拆开那个鼓鼓囊囊的信封。

冀希杰在录像厅看了太多的香港电影，什么事情都想要酷一点儿，包括道别。

窄窄的小纸条，干净的字迹。

我爸死了。他再也不能打我了。他死的时候我才发现其实他对我挺好的，只是喝了酒就发疯，其实也是因为这辈子太苦了吧。我不想离开这儿，我觉得在这儿特别开心，可是我亲生父母来接我走了。我不知道以后会怎么样，我觉得他俩和我不像，不自在，可是没办法。

我们是好哥们儿，最好的哥们儿。但是我不知道我们还会不会再见了。

你要好好读书，别总打架了。其实胖子他们是让着你，一群男生怎么会打不过你一个女生呢？

祝你学习进步，身体健康！

米乔把信翻来覆去读了好几遍，心里空落落的，摸不到底。她不知道为什么眼睛发酸，眨也不眨任由泪水落下来打湿了信纸。

信封最里面有个硬邦邦的东西，她把手伸进去掏出来，竟然是一个浅蓝色的蝴蝶发卡，上面也别着一张小字条。

"你想留长头发吗？女孩子还是留长头发好。其实我想买大猩猩的发卡，但是到处都没有卖的。我还是觉得你比较适合戴大猩猩的。"

米乔讲到这里，她父亲突然走进来，告诉她该去做检查了。

然后转过身，有点儿腼腆地说："米乔的同学吧？你总来陪她，都耽误学习了吧？我做爸爸的，没别的可说，很感激你。"

说话粗声粗气的包工头父亲早就发了家，被自己女儿戏称为暴发户老米。余周周看着眼前这个憔悴消瘦有礼貌的男人，无论如何都无法与米乔叙述中的那个大嗓门的啤酒肚地中海大叔联系到一起。

"那……那我先回学校了，我明天模拟考，后天再来看你？"

米乔并没有像以前一样笑嘻嘻地催促："赶紧滚回去复习吧，你政治到底能不能突破八十分啊。"——她定定地看着余周周，似乎想要说什么，却说不出口。

良久，她当着正在忙忙碌碌帮她做各种准备的父亲和护士的面，不顾病房里其他人诧异的眼光，大声地对余周周说：

"后来初中时，我就在你们北江校隔壁。"

"我后来又见到他了。"

"后来……"

余周周朦朦胧胧预感到了什么，她专注地听着，直到米乔在爸爸的劝阻下，乖乖被轮椅推离了病房。

病房的门合上之前，余周周看到米乔最后回头看了她一眼。那眼睛是弯着的，似乎在笑，可是那眼神里面的不舍让余周周的脑海刹那一片空白。

她怎么也没想到，自己最后一次见到米乔，竟然就是这样一个乱糟糟的场景。隔壁床老太太哎哟哎哟地呻吟，护士举着吊瓶叮叮当当，米乔被匆匆忙忙地推走，太多的话没有说完。

余周周自小学习了太多转危为安、化险为夷的绝招，任何事情都有转圜的余地，即使是苦难，也可以换个角度哂摸出一点儿甜味。

然而那一刻她继妈妈和齐叔叔去世之后，再次领略了一种无能为力。

后来。

米乔最后离开的时候，也许早就预感到了什么。她拼命地告诉余周周后来的事情。

可是已经没有后来。

米乔可以说她不到二十年的人生没有遗憾，她恣意张扬，坦荡快乐，无愧于心。

然而最大的遗憾，就是她再也没有制造任何遗憾的机会了。

后来的后来。

她还有太多的故事，没有来得及发生。

蒋川番外
我们仁

·他是一个没有骏马没有长矛的骑士，千里迢迢追随着一个任性的
公主。

·不管这个公主是长发还是短发，爱吃苹果还是沉睡不醒。

·也不管她未来会被哪个青蛙或者国王带走，"从此过着幸福的生活"。

"蒋川喜欢凌翔茜，凌翔茜喜欢林杨。"

话音刚落，路宇宁就恍然大悟地拉长音"哦"了一声："我说怎么一直觉得他们仨的关系那么奇怪。不过林杨没跟我提起过啊。不闭合三角关系不稳定啊。"

"怎么不稳定，说不定林杨爱的是蒋川呢。"

身边的伙伴给出结论之后，得意地瞄准小便池前那块白色的"向前一小步，文明一大步"告示牌再接再厉。

他们不知道蒋川也在洗手间里。

两个人拉上拉链，说说笑笑地去洗手。蒋川磨蹭了一会儿才提上裤子，一转身，差点儿撞上人。

"哟，蒋川，我正要找你呢。凌翔茜要学文，她刚跟我说起，你知道吗？"

林杨笑嘻嘻的脸出现在视野中，蒋川愣了半晌："学文？"

"你不知道啊？"林杨一边拉拉链，一边语气随意地说。

蒋川拧开水龙头。

"你都是刚知道，我怎么可能听说。"

不顾林杨错愕的表情，蒋川甩着水珠大步走出洗手间。

这个反应迟钝的二百五。

蒋川不知道他是不是唯一可以喊林杨二百五的人。

别人眼中，林杨是个聪明和气优秀招人疼的完美榜样，从蒋川第一次看到他的时候开始，周围的家长、老师、同学们，没有一个对此有异议。

包括凌翔茜。

只有蒋川从来不觉得林杨有什么了不起。蒋川眼里，林杨就是一个会面对"向前一小步，文明一大步"这种男厕所必备告示牌很得意很不屑地大叫自己射程足够远的最最普通的猥琐白痴好哥们儿。

即使这个好哥们儿一路遮住蒋川眼前的太阳，他也从来没有妒忌过。

只是那句简简单单的"蒋川喜欢凌翔茜，凌翔茜喜欢林杨"突然间让他有点儿心神不宁。

好像这么多年包裹在嘻嘻哈哈三小无猜的亲密时光之中的秘密，外人随随便便就看破了。

语文老师是班主任，讲课的时候从清华大学跑题到钱锺书，又从钱锺书扯到杨绛，最后提起了一本书：《我们仨》。

当时路宇宁他们几个就鬼鬼地笑，用胳膊肘戳林杨。林杨一到语文课就睡得人事不省，被戳醒之后就一脸大问号地看向蒋川和凌翔茜这一桌的方向，正好中了路宇宁他们的计。

"你看我就说过，你们仨果然是连体婴。赶明儿你也写本书吧，也叫《我们仨》，好好絮叨絮叨你们混乱纠结的关系。"

路宇宁笑得很猖狂，被林杨用语文书迎面打了上去，然后挑着眉笑得非常暧昧："说什么呢，再纠结能有咱俩纠结吗？"

全班起哄，连班主任都笑得一脸慈祥，无奈地看着自己心爱的两个学生胡闹，"我们仨"的事情就被搁置在了一边。

蒋川忽然听见身边的凌翔茜面色不快地说了声"无聊"。

"你要去学文？"

他趁乱轻轻地问，一页页翻着书，做出漫不经心的样子。

凌翔茜大概没有想到他突然问这个，愣了半天才说："对啊，咱们班好像只有我要去学文吧。"

那你怎么不告诉我？

蒋川闷了半天，这句话也说不出口。

"什么时候决定的？"最后只能这样折中。

"昨天晚上。和我爸妈谈了半天，他们终于决定了。毕竟学文的人少，又要和分校的学生合并一班，所以他们不同意，后来还是被我说服了。"

原来是昨天晚上的事情。蒋川心里舒服了一点儿，偏过头看到凌翔茜正在摩挲着一本名叫《人类群星闪耀时》的书的封面，很珍惜的样子。

"这是什么？"

凌翔茜丝毫没有想要回避蒋川。

"楚天阔借给我的。他听说我要学文，说多看一些这类人文社科的书籍会比较合胃口。茨威格的，我……我很喜欢茨威格。"

蒋川不知道茨威格是谁，也不想知道。

突如其来的愤怒让他终于有勇气冒出那句话："你要学文，怎么不告诉我呢？林杨比我先知道就算了，连外……外班的都比我先知道，我要是不问，你是不是不打算说了？！"

凌翔茜有点儿诧异地看着他，漂亮的丹凤眼中满是无措。她似乎完全没有想过会面对这样一个问题，半天也没有给出任何解释。

蒋川从来没有埋怨过凌翔茜任何事情。

幼儿园的时候，她天天只缠着林杨玩。

小学时她一定要和林杨坐一桌，上奥数的时候有不会做的题只问林杨。

初中时被班里女同学集体孤立的时候，他们俩替她出气，她哭着扑进林杨的怀里。

蒋川从来没有生过气。

他无条件追随和支持凌翔茜，把林杨气得大叫"蒋川，是不是凌翔茜放个屁都是香的"，然后被凌翔茜抓起扫除用的大扫帚满教室追着打的日子，在蒋川心里，是最好的时光。

可是现在，他也不知道怎么了。

尴尬地沉默了几秒钟之后，凌翔茜咧咧嘴，红着脸说："对不起。"

她只是道歉。

这次轮到蒋川不知所措了。

也许是每天太过熟悉和亲近了，蒋川自己都没有发现，那个被他哄着捧着的毫无顾忌的小公主，也学会了道歉。

三个人自小形成的与外界隔绝的保护层，似乎再也无法容纳越长越大的他们了。外界的侵蚀让公主学会了低头，也让骑士不再无怨无悔。

直到某天在食堂看到林杨的对面坐着余周周，一脸无赖中夹杂着患得患失。

直到某天在开水间看到凌翔茜和楚天阔并肩涮杯子，小心翼翼的目光中充满了卑微和喜悦。

蒋川突然觉得自己病了，就好像从出生就待在无菌病房的人毫无预兆地被遗弃在化工厂铺天盖地的粉尘中，无力抵抗。

蒋川的手机很久都不再响，不知道多久没有人问候过他大爷了。

"我前两天听你们班主任说，茜茜早恋了？"

蒋川好不容易夹起来的鱼丸应声落回汤锅里，溅起一片汤汤水水。妈妈白了他一眼，赶紧起身去拿餐巾纸。

"她爸妈知道吗？"爸爸在一旁搭腔。

"我也不知道，"妈妈还是保持着以前的习惯，把蒋川当小孩，给他抹了抹嘴巴，丝毫不介意他厌烦地转头躲避，"即使人家不知道，我也不可能去通风报信，多招人烦啊。何况你也不是不知道，茜茜她爸妈关系不好，还有她妈那性格和那病，我还提醒什么，干吗做那讨厌事啊。"

蒋川爸爸愣了半晌："倒也是。不过连川川班主任都知道了，估计文科班班主任早就通报过她家长了。这个年纪，小孩有点儿其他想法，倒也难免。"

"你别说，我刚一听说茜茜早恋的事情的时候，第一个反应，还以为是和杨杨呢。"

蒋川爸爸的反应更激烈："啊？不是和杨杨啊？"

蒋川烦躁地放下碗："我吃饱了。"

即使关上门，也挡不住背后爸爸妈妈笑意盈盈的那句："川川啊，你记不记得小时候你们仨老在一起玩，大人说给杨杨和茜茜定娃娃亲，你还哭着闹着不同意来着？"

蒋川靠着门，长长地叹了一口气。

白天在学校里，他跑去化学办公室找老师，不小心撞上了失魂落魄的凌翔茜，对方根本没有注意到他，只是低头匆匆地向前走，扔下一句语气发虚的"不好意思，让一下"。

那是蒋川从来没有见过的凌翔茜，落寞，狼狈，没有一丝骄傲。

他宁肯这个女孩子仍然在电话里跋扈张扬地问他："蒋川，你可不可以不要总像个吸不干净鼻涕的小孩？可不可以？我听着很烦。"

他跑去找林杨，没想到林杨也是坐在窗台上半死不活的样子，抬起头问他："蒋川，你初中有段时间神神道道地说什么执着、业障的——我一直想问你，执着有错吗？"

这个世界告诉凌翔茜，世界上没有权贵公主只有无产阶级；这个世界告诉林杨，任你优秀完美得天独厚也必然会有全力以赴也得不到的东西。

这个世界告诉蒋川，无论你多么努力地追逐，你们终究会迷失走散。

小时候蒋川最害怕的一件事情，就是凌翔茜和林杨如大人说的一样去结婚了——在孩子眼中分辨不出来什么是玩笑，对于这件事情，蒋川一直是顶认真的。

于是很多年之后大人们聚在一起聊起那个时候，还会笑着回忆起蒋川鼻涕一把泪一把地抱着凌翔茜大声喊"不许结婚"的样子。

当时林杨大方地做出一副哥哥应有的样子，安慰他说："放心，以后咱们仨结婚，三个人一起过日子！"

然后他们丝毫不明白为什么所有人都笑得前仰后合。

蒋川现在想起来就会觉得心酸。他个子小小，淹没在拥挤的教室中，白炽灯管下，老师的嘴一张一合，却听不到任何声音。

他开始深深地埋怨自己。

如果当初他同意他们俩结婚，现在会不会好一点儿？

至少这样，他们都是快乐的，他也可以常常去串门，三个人仍然在一起，永远在一起。

后来，林杨和余周周一同问他，究竟是怎么找到凌翔茜的。

北城不人，另外两个笨蛋转到头晕也寻不到的人，蒋川随随便便就找到了。

"就是小时候常去的几个地方，挨个儿找一遍就知道了。反正都在一个区域。"

"你怎么知道她会去省政府幼儿园？"

蒋川托腮想了很久，才慢吞吞地回答："可能是因为，我觉得她会和我一样，都觉得还是小时候比较好吧。"

抬头看到余周周若有所思的神情。

以及林杨大力揽住余周周的肩膀，带着可疑的脸红大声说"我觉得还是现在好"的傻样。

果然，兜兜转转，还是这个二百五最幸福。

蒋川仍然记得那天，他挂了下林杨的电话，用最快的速度冲出教室的那一刻，内心笃定的感觉。

好像许多许多年懵懵懂懂的心事，此刻终于清晰透彻、纤毫毕现。

他仍然记得他从背后为蹲在地上掉眼泪的凌翔茜披上羽绒服，对方呆呆痴痴地望着他，然后猛地扑进他怀里的那个瞬间。

蒋川知道自己还是太矮了。可是不妨碍拥抱。

"我，我……"凌翔茜哭得哽咽，话都说不完整。

"什么都不用说，我都相信你。"

一直相信你，你是世界上最好最好的女孩子。

"你还记不记得，小时候我们在家属区的大院里面一起骑小三轮车比赛？那时候每次都是你召集大家。"

凌翔茜笑起来，鼻头仍然红红的。

"当然记得，可我是女孩子，骑得本来就慢，还不服输。每次喊完"预备跑"，立刻就被你们大家甩在后面。"

"嗯，然后特别无赖地把车往路中间一横，扯着脖子喊：'真没劲，你们真幼稚！'"

蒋川捏着鼻子学凌翔茜儿时尖尖的嗓音，被她一拳敲在脑门上。

"林杨每次都跳着脚骂我要无赖，大家也都说我要赖，只有你站在我这边。"

"是啊，"蒋川苦笑，"就我不要脸……"

他们并肩坐在师大附小的楼顶。当年那么大的操场，现在看起来，就像儿童游乐园，穷酸得很。

远处烟雾迷蒙中的冬阳缓缓沉入钢筋水泥的森林。

"我爸爸妈妈……我猜你也知道。"

"嗯。"

"估计接下来会很难熬，可是我不害怕了。"

"我知道。"

"说我逃避也好，懦夫也好，总之，剩下半年，我不想在学校念了。"

"好。"

"作弊的事情，我也不想解释和澄清了。"

"嗯。"

"我会在高考中考个好成绩让他们看看。"

"肯定没问题。"

凌翔茜偏过脸："蒋川，你是真的还是假的？"

他没有问她究竟指什么，只是笑："真的。"

真的，即使被她拧着胳膊大喊："蒋川你大爷的！"

他是一个没有骏马没有长矛的骑士，千里迢迢追随着一个任性的公主。

不管这个公主是长发还是短发，爱吃苹果还是沉睡不醒。

也不管她未来会被哪个青蛙或者国王带走，"从此过着幸福的生活"。

未来太变幻莫测，蒋川不是林杨，他从来都不会雄心勃勃地眺望。

只要此刻，他们还在一起，每一个·今天都在一起。

那么，明天就不会分开太远。

蓝水　陈桉番外

·他这么多年走过这么多城市，寻寻觅觅，只是希望能够找到一个人，心甘情愿地送出一瓶蓝水。

正坐在餐厅等待的时候，女朋友发来短信，说要分手。

女朋友什么都好，温柔得体，美丽优雅。他们谈得来，性情相当，甚至已经商量要买房子。

然而昨天不知道怎么，突然就谈崩了。

记得就在谈到房子的时候，女友突然扭捏起来。陈桉知道对方家里条件并不很好，父母生病，勉强做着小买卖。女友自己一个人打拼到现在，家里目前还有着很重的负担。正要开口宽慰她不必担心，对方却在这一刻自尊心发作。

"现在我可能手头不宽裕，我爸妈生意要钱周转。我也不想欠着你，房子你写自己的名字，我不占分毫。"

那张倔强的脸倒是值得欣赏，然而陈桉突然间兴味索然。

也许因为对方到底还是和自己划分界限，泾渭分明。

也许因为对方面对自己仍然保持着虚荣心和硬撑面子的谎言。

也许什么都不因为。

只因为她说了一句"我和你不一样，我不是含着金汤匙出生的，看来我们终究不是一路人"。

他耸耸肩，不置可否。

两年的感情画上句号，在这个平淡无奇的 12 月。陈桉并没觉得多可惜。或者说，他为自己不感到可惜而可惜。

很快手机又振动了一下。

这次是余周周。

"我到门口了，你在哪里？"

两天前，余周周因为参加五校联合的学生论坛，第一次来到上海。许久不联系了，陈桉提出请她吃饭，顺便去金茂看夜景。

越夜越美丽的上海。

窗外是上海流光溢彩的夜，仿佛抖落一地星光。车灯连成温暖璀璨的河流，载着这个城市的血脉缓缓涌动。

"有男朋友了吗？"他促狭地眨眨眼。

"有，"余周周倒是很坦白，"他和我一起来的。不过因为他不认识你，我觉得大家说话不方便，就没有让他过来。"

"都去哪儿玩了？"

"安排很紧张，没太多自由活动的时间。每次出行都是交通自理，一大早去挤地铁，都快挤成遗像了。"

陈桉哑然失笑。

"但是林杨特别喜欢挤地铁，他说地铁暖和热闹。"

陈桉知道这个林杨一定就是余周周的小男友。他端详着对面女孩假装生气的样子，笑起来："其实就是想要和你挤在一起吧？"

余周周愣了愣："你怎么越老越猥琐？"

陈桉脸色发青地转过头："……这很正常。"

不知道为什么，开过玩笑的两个人突然一同陷入了沉默，在一个热闹活泼的玩笑过后。他们沉默的姿态惊人地相似，仿佛打上了同样的水印。

"很久之前我就很好奇你为什么会想要来上海，虽然现在看起来没什么，但是对当时的我来说，这里实在有些远。"

陈桉伸出手，五指展开，将掌纹轻轻印在玻璃上。

"可能因为这里不下雪吧。"

说来神奇，刚刚说完这句话不久，美丽的橙色射灯映照下，细碎的雪纷纷扬扬飘下来。

陈桉愣住了。记得来的路上，他双手插兜，抬头望向这里的天空。和记忆中的家乡一样是压抑的灰色顶棚，然而无论如何，上海的寒气还是不足以酝酿出一场雪。

现在竟然说下就下。

他有些尴尬地笑了，侧过脸看到了余周周专注的眼神。

"陈桉，你记不记得，每到大雪天，我们背着琴去排练的时候，都会特别狼狈？"

他没讲话，记忆却如云翻涌起来。

时至今日，陈桉仍然会时不时梦见家里的那个大雪天。外公背着小提琴，右手紧紧牵着他，冒着北城 12 月份的寒风，颤颤巍巍地横穿结了厚厚一层冰的小马路。

梦境就停在这里，马路宽得仿佛这一生都走不过去。

那一年陈桉四年级，正在准备全国琴童冬令营大赛，老师通知他父亲，小提琴课将会由每周一节增加到两节。原本每周六中午他都会去外公外婆家，现在时间被临时加课挤占了。父亲正好趁此机会告诉陈桉："什么时候比赛结束有时间了，再去看望外公外婆吧。"

那时候，陈桉扬起头认真地注视着自己的父亲，那张和自己有七分相似的脸庞面无表情。他动了动嘴唇，心里很清楚，自己的每一句抗议都会被眼前的男人用天衣无缝的借口搪塞过去。

所以什么都没有说，只是低下头，说："好的。"

男人抬手轻轻地揉了揉他的头发，陈桉虽然偏开了头却没能够躲开，然而这种躲避的举动让那只抚在自己头顶的手放了下来，直接抓起桌子上面的玻璃花瓶，朝着墙角狠狠地砸了过去。

清脆的响声伴随着爷爷奶奶的惊呼，家里的人纷纷从各个房间出来想要看看究竟发生了什么，一时拖鞋摩擦地板的声音从四面八方拥向客厅。陈桉的父亲面色平静，眼角眉梢都没有刚刚震怒的影子。他只是俯下身，用很轻很轻的声音在陈桉耳边说："要不是你和我长得像，我肯定……"

话并没说完。然而那句话背后的含意暴露在句子残破的断截面上，让陈桉的心慢慢地沉了下去。

父子俩非常有默契地迅速撤离了客厅。陈桉面无表情地赶在保姆出现之前躲进了自己房间里，背靠着白色的木门，缓缓地坐了下去。

父爱也是有条件的。

这栋漂亮的房子，那个事业有成的父亲，陈家小少爷的身份——陈桉从一开始就没有得到一个让自己自然地亲近和爱上这一切的机会。而现在，他终于知道了，其实他们也不爱他。

如果不是这张写着血缘两个字的脸。

周六的那天，司机将陈桉送到少年宫门口。陈桉下车前笑着对李叔叔说："我们下午要排很久，不像平时四十分钟就结束。李叔叔，你先回去吧，要结束的时候我给你打电话，你再回来接我好不好？"

躲在大门后看到车屁股消失在路口拐角，陈桉戴上帽子，推开少年宫厚重的铁门重新走进雪中。

招手叫了一辆出租车，他坐进去，用变声期有些沙哑的嗓音说："叔叔，麻烦去弄成路，靠近铁路局文化宫的那一侧。"

外公外婆住在老公房里面，公用厨房在一楼。厕所也是公用的楼外旱厕，夏天的时候恶臭熏天，冬天的时候则格外不方便，常常听说谁家的小孩子踩在结冰的踏板上面一不留神就差点儿跌进去。

每次陈桉来外公外婆家，总是会使劲憋着，无论如何都不敢上厕所。不知道有多少次想要睡在外公外婆家，都是一想到那座摇摇欲坠的公厕就立刻作罢——当然，即使他愿意留下，自己的父亲和奶奶也是不会同意的。

在院外车上等待的李叔叔甚至都不用熄火。陈桉每次只能待一小会儿，所以每次过来的时候都会注意保持昂扬明快的精神状态，用活力充沛的声音讲着又一个星期中发生在自己身上的事情——当然都是好事情，都是让他们听了会格外骄傲和愉悦的好事情。道别的时候，也一定会用最活泼的语气大声说："我下周再过来，得回家练琴了，下午还有课。你们别出门送我了，小心点儿，我很快就再过来啦！"

陈桉一向少年老成，那样灿烂的笑脸和甜腻的嗓音，让他在木门关闭的一瞬间打了个寒战，随即便有些心酸。

这样他们谁都不用面对这仿若探监的局促的见面机会，他也不需要挂心下一星期再过来的时候，两个老人看起来是不是又老了一些。

他一点点长高，一点点脱离童音，一点点显现出父亲的面庞轮廓。

而他们，在一点点死去。

陈桉背着小提琴，仰面望着雪中安静的红砖房子。三楼外公外婆的阳台还挂着一兜冻豆腐和冻柿子，每次他过来，外婆都会提前把一个柿子拿进屋子里面化冻，等他进屋之后就可以用小勺子挖着吃了，甜甜的，涩涩的，爸爸的那栋大房子里面永远吃不到。

他抬头看向铅灰色的天空，漫天的鹅毛雪片从虚无中来，一眨眼就变得那么大，温柔地打着旋儿飘下来，缓缓覆盖住陈桉英挺清俊的眉眼。

刚刚踏进一楼，就听见三楼木门"嘎吱嘎吱"开门的声音——他知道，外公外婆一定等了很久很久，两个耳背的老人要多么屏气凝神，才能听见他迈进楼道里面的第一个脚步声？

"桉桉来了？"

苍老的声音在头顶响起，陈桉调动起身体里所有富有童真和孩子气的力量，绽放出一个活泼快乐的笑容："嗯，来啦！"

然而陈桉实在不大善于在外公面前撒谎。汇报本周学习生活情况的时候，一不小心就把小提琴加课的事情说漏了嘴。外婆正在给他把柿子挖成小块，闻声赶紧站起来："这可不行，学琴是要紧事，想看我们俩，以后有的是时间，等比赛完了再过来！"

外公严肃起来，无论如何都要把他送去少年宫学琴。陈桉无奈穿好大衣，刚低头去寻找自己的小提琴，发现已经挎在了外公的背上。

"我自己来。"

"外面路滑，你摔倒了怎么办？外公给你背着。"

陈桉定定地看着正佝偻着背穿鞋的外公，还想要说点儿什么，突然有点儿哽咽。

公交车上没有人让座，陈桉被挤在两个高个子男人的胸口，差点儿没憋死，却还要踮着脚时时注意外公的情况。外公已经把小提琴宝贝似的护在了怀里，另一只手勉强抓着冰凉的扶手，随着起步和刹车晃来晃去。

"你说你，坐自己家的车暖暖和和地去上课多好，偏要折腾一趟，跟着我遭这种罪，"下车后外公紧紧牵着他，"看着点儿脚底下，这雪都来不及清，被来来往往的车轧实了，就都变成冰了，滑得很，别摔着。"

然而从人行道下台阶的时候，陈桉还是被旁边急匆匆挤过去的一个大叔撞了一下，整个人向后仰倒过去。外公情急之下用右手扶了一下旁边停在原地的出租车的倒车镜，好不容易两个人才重新站稳。

"喂喂，长眼睛没有啊，你那手扶哪儿呢？这是随便碰的地方吗？"

出租车司机这时候已经摇下车窗面色发青地吼上了，他心疼地摆弄了一下自己的倒车镜，开合了几下，重新瞪过来："轴承碰折了，您看着办吧，使那么大劲，这玩意儿金贵得很，能受得住吗？！"

外公有些慌乱，他下意识要去查看对方的倒车镜，伸过去的手就被不客气地一巴掌打开。

"干吗呢，说你碰坏了，还碰？没完啊？！看着给钱吧，别废话了。"

陈桉涨红了脸："胡扯什么？这个倒车镜本来就是能转动合上的，你那个东西哪儿坏了？张口就想讹钱，你太过分了点儿吧？"

司机闻声脸上的横肉都抖起来了，他索性打开车门站了出来，指着陈桉的鼻子喊："小兔崽子，你他妈再给我吱一声？你看我敢不敢把你打合上？！"

外公连忙将陈桉护在背后，不知道是不是因为气愤，喘气有些困难："别为难孩子，你这个多少钱，我赔你。"

司机摆出一副不耐烦的表情："我也不跟你过不去，你就给二百元吧。我当认倒霉了，自己再贴点儿钱修得了。"

陈桉气急，都快报废的破夏利，倒车镜居然讹诈二百元。他浑身的血都往脸上涌，一句"你他妈的"马上就要冲出口了，平时经常听到班里一些男同学把这句话挂在嘴边，他从来没有这样深切地体会到这句话的畅快。

没想到外公竟然轻轻拉开领口，露出里面的破旧赭色毛衣，苍老的声音平静地说："师傅，你看我也不像有钱人，你讹那么多我也没有。要不是急着领孩子去上课，我可以直接跟你去公安局，让他们看看这个倒车镜到底坏没坏，需不需要赔二百元钱，嗯？"

司机和陈桉都愣住了。

陈桉低下头，雪花一片片落在他的鹿皮鞋面上，很快就盖了满满一层，好像要无声无息地埋葬他。

最后外公掏出了五十元，司机骂骂咧咧地回到了驾驶室坐着。陈桉被外公牵着过马路，抬起头，少年宫白色的圆顶就在眼前。

外公从身上摘下小提琴，挂在陈桉肩头，帮他拍掉肩头和帽子上的积雪。

"我知道你觉得外公窝囊。我怕你受伤，咱们也不值得跟那种人怄气。我早说过，你乖乖坐着自己家的车，也省得遭这些罪。人啊，要想活得硬气，必须要有底气。你外婆和我都是没底气的人，养个女儿也不听我们的话，现在这个样子，我们也认了。桉桉，以后不许撒谎了，好好学琴，好好读书，别跟我似的，也别学你妈妈那么……那么任性，好不好？"

陈桉默不作声，他感觉眼泪开始打转，于是拼命眨眼，将蓄积的泪水打散，让它们无法掉下来。

"外公觉得你已经是大孩子了，才跟你说这些。再不跟你说，就怕以后没机会了。以后少到外公家去，你外婆和我的确天天盼着星期六你能过来，但是我们也知道，你跟我们接触得越少越好。还好你爸新娶的那位……听说对你不错。你老来看我们，肯定老是让他想起你妈妈，我怕他一生气就怪罪到你身上了。不管怎么样，他是你爸，你好好听他的话，他都是为你好……"

外公的话越说越乱，陈桉只能不停地眨眼，不停地不停地。睫毛上的雪花随之上下翻飞，好像冬天里不死的蝴蝶。

"小李说，你今天下午在少年宫待了一下午？"

饭桌上，陈桉父亲一边夹菜一边貌似无意地问。

"嗯，在金老师旁边的琴房练琴来着，他有空了就过来给我指导几下。"

陈桉说着站起身，把椅子推向饭桌。

"我吃完了。"

"你还好吗？"

"想起点儿以前的事情。"陈桉知道余周周一定善解人意地不会追问。他朝她笑笑，想要说点儿别的，突然看到她黑色衬衫的右臂上面有一块黑纱，上面还有条小红布，再仔细看看，赫然发现其实她戴着孝。

注意到他的目光，余周周笑了笑："外婆去世了。走得很平静，七十八岁，也算是高寿了，我们都没有太难过。"

"如果我没记错，你外婆是得了老年痴呆症，对吧？"

余周周点点头。

"其实，我觉得得了老年痴呆症的人就像是彻底脱离了时间的束缚，完全活在美好的回忆里。那也许是人类唯一能够战胜时间的途径。"陈桉轻笑着拍拍周周的肩膀，"其实很幸福，不必难过。"

相比某些人，幸福太多。

陈桉同父异母的弟弟出生的那天，他的外公在下楼倒马桶的时候中风发作，直接滚下楼梯，送到医院的时候，已经没有抢救的可能了。

陈桉从一家医院赶往另一家医院，甚至都没有人发现他不见了。一个新生命到来，一个腐朽的生命离开，生活就靠着这样循环不息的迎来送往维持着精妙的平衡。

他们迎来，陈桉独自送往。

五年级的孩子，那点儿正在发育的体力用来对抗死后速朽的僵硬，还是显得有些稀薄。陈桉就在人来人往的小医院走廊角落，勉力给外公换上寿衣，汗水和泪水混在一起，一样地咸。

甚至到了最后，那具因为死后面部僵硬而改变了相貌的尸体，看起来是那样陌生。陈桉所有的努力，都只不过是大脑空白的状态下机械地完成一项艰难的任务而已。

医生看向他的目光有些复杂，同情和怜惜中混杂着疑惑不解。在护士将外公推向太平间的前一刻，陈桉突然想起了顶顶重要的一件事情。

他在书包前后左右翻找了半天，终于凑齐了五十元钱。

然后轻轻地塞进外公那件廉价上衣的口袋中。

外公，谁敢说你窝囊。

陈桉在心里轻轻地道别，努力地眨眨眼。

陈桉外公烧头七的那天是周六，陈桉假借迎接上门推拿的医师的名义跑下楼，用小卖部买来的简易打火机将口袋中揣着的几张写着"一亿元"的纸钱点着，象征性地烧给了外公。

做这件事情的时候，心里没有一丝悲伤，反而有种荒谬的喜悦。

关于妈妈那一边的一切事情，都必须悄无声息，仿佛从来没有发生过一样。陈桉的继母至今不知道当年陈桉的妈妈为什么会去世，当然至少是表面上浑然不知。陈桉能够有机会在每周六跑去探望外公外婆，也正是利用了父亲好面子这一点——既然一切如他对新妻子所说的一样，那么孩子为什么不能去看看自己的亲外公？

他跟着妈妈和Dominic（多明尼克）度过的短短一年，仿佛燃尽了自己身体中所有属于童年的天真和恣意，在岁月正烧得红火滚烫的时候，被兜头狠狠浇了一盆冷水，激烈挣扎的白汽下，陈桉用最快的时间冷却下来，才发现自己原来硬得像钢铁。

"外公，不管怎么样，这是假钱，你花的时候小心点儿。"

他对着积雪中那几片边缘带着些微火光的黑色碎屑轻声说，呼出的白汽一下子模糊了视线。陈桉突然间感到一种无能为力的不自由，那是一个十二岁的少年所无法描述清楚，更难以寻找到解脱之道的愤懑不满。

抬起头，远方终于走过来一高一矮两个身影。

那个正梦游般对着空气讲话的小姑娘，被妈妈拍头唤醒，不好意思地看向他，清澈的眼睛，弯成了两个月牙。

"你叫什么名字？"他亲切地蹲下身问她。

"余周周。"

"对了，你记不记得，当年问我蓝水的事情？"

余周周有些惊讶地一愣，旋即微笑，眼睛弯弯，俨然还是当年的小模样。

当年。

那个白白净净的小姑娘认真地看着他，黑白分明的大眼睛眨也不眨："如果是你，会用蓝水去救人，放弃见上帝的机会吗？"

陈桉那句敷衍的"当然啦"突然卡在喉咙中。

他第一次收敛了自己淡漠无谓的态度，非常认真地思考这个问题。如果他手中真的有这样一块蓝宝石，他会去救谁？妈妈？Dominic？外公？或者，父亲？

又是这样的大雪天。他轻轻叹了口气。

"不会。"

他不知道为什么这样认真对待一个小娃娃。

也许是因为，在小姑娘随着做推拿的妈妈到达之前，陈桉就在奶奶和保姆絮絮叨叨的闲话中，拼凑出了关于这个笑眼弯弯的小姑娘的父亲的传言。

当然，要费力剔除掉许多刺耳的幸灾乐祸和尖酸刻薄。

余周周，两个姓氏的结合，最普通不过的起名方式。就如同陈桉，爱情开始的地方，那棵恣意舒展的树。

他们一时冲动，他们别有用心，当年犯的错误就明晃晃挂在这些还未开始人生的孩子身上，永生不灭。

"我会。"

没想到，小娃娃斩钉截铁地表明了自己的立场。

"如果我爱他，就会。不爱，就不会。"

陈桉有些讶然。一个这样小的孩子，满口爱不爱的，一看就是电视看多了。

然而他懂得，懂得孩童心中那种最为简单的是非观，不过就是因为能从自以为正义的一方得到关爱。因为你对我好，所以你是好人。

正如他在妈妈和Dominic死的时候哭得像个小疯子，让本来就见不得人的事情差点儿被掀翻在台面上。即使现在他知道，哪怕是出于孝道和追求真爱，母亲为了给外公治病，冲着父亲的钱财而结婚，之后又带着陈桉和Dominic私奔……站在旁观者的角度，这一切都只能被谴责，连最后的车祸都是"苍天有眼"——奸夫淫妇死于非命，无辜的孩子毫发无伤。

你最爱的人，他们都不是"好人"，或死于非命，或蜗居于陋室孤独终老苟延残喘，总之都应了"恶有恶报"，偏偏你无论怎么努力，都无法和道德天平倾斜的方向保持一致。

没有任何人能够帮忙，陈桉独自一人熬了过来。想哭的时候不该哭，不想笑的时候却要笑，应该爱的人无法亲近，不该爱的人却在临睡前拼命想念。他自己回头看，都不知道自己是如何最终与命运握手言和，彼此不再逼迫。

所以练就了一颗波澜不惊的心，在过早的年纪。

他是不是应该庆幸，自己好歹还是陈家的宝贝孙子，聪明，优秀，多才多艺，惹人喜爱？

至少要好过那个需要大雪天和妈妈跋涉半个城市讨生活的小女孩。

但是真的会很好吗？陈桉环视这个被很多同学羡慕的豪华的家，突然因为自己的那句"不会"而感到深深的难过。

他在六岁的时候，也会愿意用蓝水去救活那两个人的吧——陈桉在心里默默祈祷，祈祷那个消失在大雪尽头的小姑娘，即使背负着上一代人的错误，挣扎前行，也不要和自己一样，在十二岁的尾巴，已经没有想要拼尽全力保护的人。

他不爱任何人，也没有任何人爱他。

他家里有钱，自己也不笨，资质优良，没有任何压力，继母也顺利地生下一个儿子，转移关注，继承期望。

他知道父亲对他也没什么感情，留着他，只是因为那句"要不是你和我长得像"。毕竟是自己的血脉。

陈桉幼年最恐惧的时候，曾经盯着镜子担心自己一夜间长出一头和Dominic一样的金发，后来也就渐渐无所谓了。

什么都无所谓。

"那你呢？还是不会放弃吗？"

陈桉不知道应该回答什么。

是不会放弃，还是没有可以为之放弃蓝水的人呢？

"不过，直到现在，我的答案仍然是，我会为了爱的人放弃蓝水。"余周周温柔地笑了笑，"比如大舅和舅妈啦，林杨啦……你啦。"

最后一句话有一点点犹豫，可是出声的那一刻，仍然是坦然的。

这个女孩子一直这样坦然坚定，比年少时更加平和快乐。

平安长大。

陈桉不是不动容。

他想，至少在这一点上，一切还是如愿以偿。

其实，他骗了她很多。

他骗她说自己没有学过奥数，没有上过师大附中，他给她编造了一个主角的游戏，一切的一切，并不是如余周周所想的那样为了将她变成他。

他所做的一切，都是为了让她不要变成他。

一顿饭平平静静吃完，雪越下越大，却丝毫没有遮掩住地上的星光。

"上次……上次你提到的女朋友……"余周周停顿了一下，似乎理清了思路，"你已经二十九岁了吧？你和她有结婚的打算吗？"

他回手轻轻拍拍她的头："连你都开始关心这种问题了啊。"

"你一直都没有女朋友，这次终于有了一个，都两年了，你也这个年纪了，我很自然地就觉得你要结婚了嘛。"余周周说这些的时候，眼睛没有看陈桉，语气仍然有一点点不自然。

"我一直都没有女朋友？"陈桉笑起来，"你调查过我？"

"你当年的大学同学现在做了我们这一届的辅导员，我打听一些事情……又……又不犯法……"

他再次亲昵地揉揉她的头发："嗯，对，不犯法。"然后长长地叹了一口气。

"分手很正常。其实……其实就是觉得恋爱的时候，人的心里不是空落落的。尝试了一下，果然如此，不过时间一长，那种所谓的热情一过去，就比以前还空。就和吸毒似的。"

陈桉说完自己先愣住了，侧过脸，看到余周周也睁大了眼睛，十二分认真地看着他。

似乎一不小心踏入他的内心。

"我说了我是凡人，别用神仙堕落的眼神看我，"他有些尴尬地笑了笑，"我就是这个样子。"

我就是这个样子。

从六七岁到现在，就是这个样子。

他已经，很努力了。

至少，终于有一天，他能够轻轻松松地对一个人说，我就是这个样子。

他从北方追寻到不下雪的上海，一直想要找到的东西，也许这辈子都无法寻得。

"也没什么。你知道，分手只是因为，我突然间发现，大家都有些碰不得的地方，她有她的，我也有我的。"

她们崇拜他，欣赏他，可是谁也不知道真正的陈桉是什么样子。因为他不愿意分享真实的那一面。他所寻找的，不过是像小时候一样，能够让他放松坦诚地敞开心扉，不再少年老成地怀抱。

恣意张扬，仿佛六岁那一年。

可是当年少年老成的少年，已经渐渐接近老成的年纪。

两个人平静地道别。女孩子已经长大，有些像他，然而心底由内而发的温暖，属于她自己。

他远远看着她向一个高高的男孩子跑过去，雪地靴在薄薄的新雪上踩出一串脚印。

她和他们，路的尽头总有一个人在等。

兜兜转转，本以为已经道别，没想到在人群中等待红绿灯的时候，竟然又站在了他们身后。

陈桉犹豫再三，还是没有喊余周周的名字。

因为正听到男孩子用年轻的语气说："我怎么不知道，你跟我讲过的，你迷恋过的偶像嘛。"

语气中有小小的介意，又有小小的不以为意。

别扭的样子。

陈桉听得分明，不由得微笑。

是啊，迷恋过的偶像。

没想到，余周周非常认真地纠正他："我以前也以为我是迷恋一个神……我是说，年长的大哥哥。但是不是。"

"那是什么？"

陈桉几乎能够想象出小丫头认真地瞪着眼睛的样子，这么多年，印象一点儿都没有模糊。

"就是普通的女人喜欢男人的那种喜欢啊。"

红灯变黄灯。

"就是最最普通的，想和他在一起，想让他很开心，自己也会很开心，哪怕做的都是些无聊的，既不高深也没有仙气的事情——就是那种感觉啊。其实很简单的。是我自己想复杂了——其实，就这样简单的。"

黄灯变绿灯。

"喂喂喂，你又麥毛干什么，那是以前啊，我现在喜欢你也是普通的女人喜欢男人的那种喜欢啊——"

"哼，少来，我可不是普通男人！"

陈桉没有动，目送两个蹦蹦跳跳的小情侣过马路。

抬起头仰望，雪仍然和很多年前一样，从不知道从哪个地方袭来，无中生有，落了满身。

普通女人喜欢男人的那种喜欢。

普通家庭的父亲，普通家庭的母亲，没有大出息也没有大差错的人生，手持一瓶蓝水，随时准备为普通的人放弃见上帝的机会。

他这么多年走过这么多城市，寻寻觅觅，只是希望能够找到一个人，心甘情愿地送出一瓶蓝水。

那瓶水，在记忆的大雪中，已经冷得结了冰。

"无论如何，我很高兴我成长的这些年，有一个陈桉。"

余周周临别时的这句话，他听了，只是笑。

"是啊，恭喜你。"

你多幸运，女王陛下。

余周周 ∞ 林杨番外

执子之手，将子拖走

• 皇帝会遇到政变，四皇妃会被打入冷宫。

• 但是没有关系，任千军万马在后面追赶，那年的四皇妃还是牵起了
皇帝的手，毫不犹豫地大步跑了下去。

"余周周？我就知道你会来，哈哈哈，等着啊，我去看看林杨跑到哪儿去了……"

路宇宁说着，就开始夸张地四处大叫。

他们都知道她会来。

从高考结束到成绩公布的这段时间是估分报志愿和单纯等待的二十天。最后敲定的志愿表今天早上已经全部上交，所有拿着全国大学招生简章精打细算认真研究的家长和学生都可以暂时松一口气了。

尽人事。

剩下的就是待天命。

余周周被林杨一个电话叫来参加同学聚会——她并没什么兴趣，也不知道聚会的到底是谁的同学，这个时间点又有什么可聚的。

谁让林杨在电话里面太过无赖。

谁让大舅妈就在旁边竖着耳朵听，假装擦桌子，却没注意到桌子皮都快磨破了。

"周周，好不容易考完了，轻松了，去玩玩吧！"舅妈一脸慈祥。

电话那边的无赖听得清清楚楚，立刻抓住机会大声叫："余周周，你听见了吧？你舅妈都这样说了，你还不来，就是不孝顺！"

舅妈放下抹布哈哈大笑，在一旁问了一声："周周，你同学？"

电话那边立刻接上："阿姨您好，我是余周周的……我叫林杨！"

中间那个停顿是怎么回事？

余周周正要插话，没想到舅妈笑得有些不怀好意："是嘛，林杨啊，我常常听周周提起呢！"

我什么时候常常提起了？！

余周周觉得自己控制不住要咬人了。

她放下正叽里呱啦大叫的电话听筒，笑眼弯弯地对舅妈说："你们慢慢聊哈！"

余周周很快就发现自己犯了一个严重的错误。

因为五分钟后舅妈敲了敲她的门。

"周周啊，下午五点在江边的那个什么什么意式自助，赶紧去吧，你要是不去啊，就是不孝顺。"

余周周泪流满面。

她到达那个"什么什么"自助餐厅的时候，里面人声鼎沸。她站在大包厢的门口，先是探头往里面看了一眼——果然是杂烩，应该都是聚会组织者自己比较相熟的同学，哪个班的都有，不过仍然是以一班、二班居多。

竟然看到了凌翔茜。

和蒋川坐在一起，不言不语，被周围热闹的背景一衬托，显得有一点点孤单。

她朝着凌翔茜所在的方向走过去，中途遇见了路宇宁，对方先是一愣，然后就张大了嘴巴。

"你有两颗蛀牙。"余周周老老实实地说。

路宇宁瞬间闭上嘴。

然后就开始撒欢地在屋子里面喊："林杨，林杨，你家那个谁来了！"

余周周"唰"地红了脸，赶紧扭头朝着目的地继续前进。

凌翔茜似乎也很早就注意到了她，拉过一把椅子给她坐。

"我就知道林杨会邀请你。"

余周周恨恨地咬着牙："他没邀请我，他邀请的是我舅妈。"

凌翔茜先是愣了一会儿，然后就笑起来。

余周周转头看她，那笑容，果然当得起"明艳照人"这四个字。

"你知道复习期间，我在家里一直都在看什么吗？"

余周周疑惑地摇了摇头。

蒋川在旁边嚼着每桌赠送一盘的花生米，接上了一句："佛经。"

凌翔茜凶狠地白了蒋川一眼，余周周一恍惚，仿佛就这样又看到了小学时那个骄傲的小姑娘。

"……他说对了。等一下，为什么意式自助餐厅里面会赠送花生米啊？蒋川，你在吃什么？"

她转过头，继续对余周周说："我觉得在家里面已经修炼得差不多了，可是来到这里，一进门被人那样盯着看，还是觉得浑身不舒服，非常不舒服。我电话里面和你说我估分成绩不错，但是我自己知道，考得再好，也没有办法洗刷掉上次的冤屈了，或者说，就是铁的事实摆在眼前，他们也不愿意相信。有些家伙，原本就希望我是那样的人。"

说着说着，漂亮的丹凤眼里面就有泪花在闪。凌翔茜连忙低下了头。

余周周拍拍她的肩："很难熬的吧，不过你还是来参加了。"

凌翔茜低着头，吸了吸鼻子："我也不知道我为什么要来。反正至少蒋川陪我。"

蒋川在一边叫起来："喂喂，我怎么总是那个'至少'啊？"

凌翔茜破涕为笑。

"时间慢慢过去，就像发大水一样，人和人之间的距离越冲越远，当初多么多么大不了的事，最后都会被稀释得很淡。"余周周补充道。

蒋川又往嘴里扔了一颗花生米："你也看佛经啊？"

余周周抓狂，凌翔茜倒是毫不在意地摆摆手，继续问："你这算是什么，旁观者清？"

"没什么，"余周周托腮笑起来，"你看，小时候天大的事情，现在不也都过去了吗？"

凌翔茜愣了愣，突然间捂住嘴巴。

"我突然间想起来，考奥数的时候，我是不是坐在你旁边？我记得当时看得一清二楚，你　道题也不会做！"

余周周额角青筋直冒，握紧了拳头，缓缓地说："……还是……会做几道的。"

蒋川在一边大笑起来，结果被花生米呛得剧烈咳嗽。

"你差不多得了，难道你想吃花生米吃到饱啊？"凌翔茜用力捶打着蒋川的后背。

"对啊，"余周周耷拉着眼皮，"我们可是来吃自助的，你有点儿敬业精神好不好？"

一场饭闹闹哄哄地吃完了，余周周向来不是很喜欢这样的场景，何况在场的人大多她并不认识，大家都是和同一桌的人小范围地交流，也有些人人缘格外好，来来回回地在不同桌子间穿梭。男生们都放开了叫啤酒，哥俩好地勾肩搭背。

林杨并没有如她所想的那样坐到自己附近，只是匆匆地和凌翔茜与蒋川打了个招呼，甚至像没有看到余周周一样，将她越了过去。

凌翔茜忽然一副恍然大悟的样子，和蒋川两个人鬼鬼地笑起来，凑到一起不知道在说什么。

余周周吃得很无趣，也吃得很少。

原来最不敬业的不是蒋川，而是她自己。

原来真正不知道为什么要来的不是凌翔茜，而是她自己。

连凌翔茜都知道今天都会有谁参加——比如楚天阔肯定不在邀请范围之内。而她自己，甚至都不曾问过，还是站在包房门口往里面望的时候才将情况摸得七七八八。

只是因为林杨耍无赖，说"你一定要来"，她就来了。

即使从小她就很害怕人多的场合，总是神经质地想起那些催促孩子们唱唱歌、跳个舞、说说场面话给自家争脸的大人……

她还是来了，只是因为那家伙耍无赖。

余周周突然觉得没意思。远远看过去，林杨正在一群男生女生中笑得开怀，被大家一杯接一杯地灌，来者不拒。

尤其是很多女孩子，始终不离开他的左右。她看得真切。

一直都这么左右逢源，得到所有人的真心拥戴和爱护。

其实他就是自己那些说不出口的幻想里面，最期望成为的那种人吧。

余周周突然心生感慨。这么多年，印象最深的竟然还是小学入学的第一天，他被一群家长和老师包围，一脸不耐烦却仍然能表现得讨人喜爱，她转头看着，然后跟着冷冰冰的新班主任越走越远。

凌翔茜越过了一个坎，即使伤怀，至少鼓起勇气重新回到了人群里；林杨和他的哥们儿依旧出色地诠释着什么叫作青春；还有身边点头之交的甲乙丙丁，一场"决定命运的考试"过后，成王败寇尚未可知，却不妨碍狂欢。

高中就这样结束了，大家挤在一个教室里面，天天低头不见抬头见的逼仄青春，整整十二年，也就这样结束了。

余周周低头默默地想着，摸了摸自己的掌心。

差不多到了散伙的时候，她把自己的那份钱交给路宇宁，拎起单肩包就要走。

"余周周，你等一会儿，等一会儿，"路宇宁拉住了她的胳膊，"林杨吩咐了，你要走的时候让我叫他一声。"

余周周理都没理，径直出了门。

心里面不知道是什么感觉，酸酸涩涩的。

她大脑简单地奔过来，最终只是得到了一个她很小的时候就清楚的结论。

第一次遇见的时候，就清楚划分了阵营。儿时用粉笔画下的界线，即使被岁月纷乱的脚步踏得模糊，终究还是有印记的。

江边人潮汹涌，这样闷热的夏天，男女老少都穿着拖鞋沿江溜达，到处灯火通明，给暑气平添了几分烦躁。

漆黑的江水沉默温柔地伏在一边，绵延千里。对岸的群山让她忽然想起课本中鲁迅说的那句"淡黑的起伏的连山，仿佛是踊跃的铁的兽脊似的" 只是因为她走得很慢，那兽也走得平稳，背紧贴着夜色，像个善解人意的伴侣。

陈桉告诉她，要为了自己，走得更远，过得更精彩。

她又想起林杨，那个眼睛发亮地说"如果还没有想清楚，那就先努力把一切都做到最好，得到最好的资源，等待最好的机会"的五年级男孩。

余周周觉得迷惑，一口气郁结在胸口，想不明白。

不知道走了多远，突然听见背后纷乱的脚步声。

余周周自己也说不清那种心脏突然被攥紧之后又松开的感觉应如何形容，紧张，却又如释重负。

不知道为什么，她故意装作若无其事，没有回头。

"周，周周？"

上气不接下气，因为喝了酒，微微有点儿笨拙，似乎害怕咬了舌头。

林杨。

余周周好半天才转过身。

也许是赌气。

也许是为了消化脸上那个突如其来却又过分灿烂的笑容。

终于恢复平时淡淡的样子，她清了清嗓子："你怎么在这儿？喝了这么多，赶紧回家吧，小心点儿。"

林杨脸上写满了失望和疑惑。

"……怎么了？"

余周周诧异。

"你怎么还是这样啊。"

"我怎么了？"

"我不理你，你怎么也不生气啊？"

余周周愣了愣。

原来是故意的。

她心里突然间变得柔软，故意继续保持着淡漠的表情："你不理我？"

192

"路宇宁说……凌翔茜说……说我对你太剃头挑子一头热了……他们说我要是晾着你不理你，你一定会吃醋生气，那样你就能明白你自己的心意了……我好不容易才找到你追上你，结果你还是这个表情，你一点儿都没生气吗……"

林杨说着说着就靠着栏杆一屁股坐了下去，好像有些撑不住了。

余周周感觉整个脑袋像被雷电劈了个彻底。

真是个，大白痴。

余周周突然为在背后支着儿的路宇宁和凌翔茜而深深惋惜。

正想着，她突然发现林杨摇摇晃晃地朝着江面的方向后仰过去，惊得连忙伸出手拉了他的领子一把。

结果用力过猛，直接把人拉进了他的怀里，她连忙后退一步，又反手推了他一把，把他撞回到了栏杆柱上。

还好林杨似乎喝得有些晕晕乎乎，虽然神志还清醒，反应却比平时慢了很多。在余周周和栏杆之间被推来搡去好几回，过了半天才摸着后脑勺说疼。

余周周有些担心地皱了皱眉，轻轻地拉了拉他的袖子。

"我送你回家吧。"

"这话应该是男生来说的！"林杨叫了起来。

"好好好，那你送我回家？"

"不送！"

余周周的眉毛无奈地耷拉下来。

她也只好轻轻坐到了栏杆上，突然想起什么似的，轻轻点着林杨的脑门，笑得很阴险。

"你说，我应该有什么心意？"

林杨抬起眼睛，眼神有点儿呆，钝头钝脑的。

然后又低下去，半天没出声。

"周周，我是不是，特别烦人？"

余周周怔住了，林杨涩涩的语气和夏季湿热的空气缠绕在一起，她吸进肺里，呛得说不出来话。

"我记得啊，我四岁的时候第一次去看牙医，治疗龋齿。

"在外面等候的时候看到了很惊悚的一幕。上一个病人，比我大不了多少的女孩，因为疼痛和害怕，一口咬住了牙医的手指。在她的家长和牙医的轰炸劝说下，她乖乖松了口，挨了骂，同时继续被牙医整治得吱哇乱叫。"

余周周轻轻摇了摇他的肩膀："林杨，你喝醉了，开始说胡话了。"

"当时我爸爸拍着我的头教育我：'杨杨，你一定要乖，不要学刚才那个小姐姐，知道吗？'"

林杨不理她，继续絮絮地讲。

"我点头，心里暗暗下了决心。

"轮到我的时候，我朝医生打招呼，微笑，医生很放松，让我张开嘴。

"他手里的长柄小镜子刚刚伸进我的嘴里，我就把他的食指狠狠咬住了。

"我足足咬了五分钟没松口，我永远记得那个医生的眼神，那是我这辈子第一次明白什么叫绝望。

"嗯，他绝望了。嘿嘿。

"后来我的牙没有看成，我爸爸狠狠地骂了我一通，可我觉得这都是值得的。

"再后来，我在书上看到一句话，叫作咬定青山不放松。我觉得说的就是我。

"可是蒋川他们偏偏说，我上辈子是属王八的。你看到了吗？这就是差距。

"学好语文是多么重要啊。"

余周周憋笑憋得脸色青紫，林杨浑然不觉，仍然半低着头。

"所以我觉得，我是改不了了。你看，我又咬上你了，我真的没办法松口。"

余周周突然觉得心尖一颤。

"后来到了我六岁的时候，有一天我们幼儿园大班的一个特别淘气的男生跑过来大声跟我说：'林杨，我知道男生和女生的区别在哪里了！'

"我当时很不屑，这种事情我早就知道了，还用他说？

"不就是站着上厕所还是坐着上厕所吗？

"那个男生说的话让我非常震撼，他说：'林杨，你没有看到本质。'

"周周，你从小就知道很多我不知道的词语，但是我敢说，你六岁的时候绝对没有听说过本质这个词。

"那个男生当时迎着太阳，高昂着头，非常英俊威武。

"他说，本质就是，女生的小鸡鸡还没有长出来，藏在肚子里面！"

余周周正在喝水，闻声直接喷了出来，小心地看了看周围，幸好没有人听到林杨的胡言乱语。

"我再一次被震撼了。这是多么神奇的发现啊。

"我立刻发挥了幼儿园大班班长的带头作用，大声告诉他：'好，我们一起去把她们的小鸡鸡拽出来！'"

讲到这里，他配合地伸长胳膊做了个攥拳的动作，被余周周一掌拍了下去。

"后来我当然没有去拽。

"他自己去了。

"我只能说那是惨烈的一天，我后来连着三天都没在幼儿园看见他。

"其实男生和女生不仅仅是小鸡……的区别。当然这个是说不出来的，总之就是很奇怪的感觉。不过我觉得蒋川比我体会得早，很小的时候，大人一说要给我和凌翔茜定娃娃亲，他就已经知道抱着凌翔茜大哭了。"

余周周嘴角无声地抽动了一下。果然，人喝多了什么都会往外说。

"后来我很快就体会到了。因为我遇到了你。

"那种感觉就是，我很想要跟你玩，但是又不好意思直说，可是我也很想要和我哥们儿玩，我可以大声喊他们，也不会觉得不好意思。

"周周，你能听得懂吗？

"周周，你在听吗？"

余周周温柔地捏了捏他的左手，"嗯，慢慢讲，我在听。"

"可你从小就是那种表情，你也没主动找过我，我总是觉得你就是站在那里看着我朝你跑，有时候还朝着反方向越走越远。我心里特别慌，发生的每件事情都把你往远处再推一点儿，我马上就追不上了，特别害怕。"

声音越来越低，语速越来越慢。

她轻轻地拍打着他的后背，像是安抚一只沮丧地呜咽着的幼兽。没想到，对方直接歪倒在她的肩膀上，半闭着眼睛，好像就要睡着了。

男孩子鲜活的呼吸喷在脖颈，余周周感到一股怪异的感觉顺着脊梁骨急速地冲了上来，她瞬间头皮发麻，却不敢动，害怕吵醒他。

就这样静默地忍了好久，她才用很低的声音在他耳边唤着："林杨，林杨？"

这样的夜晚，柔和得没有办法。

"其实，我刚才，的确是很生气。"

她知道他睡着了，所有的这些话，就好像说给了安静的江水和岸边的巨兽听。

不知道会不会入他的梦。

"只是我自己不承认。嗯，我并不是从小就那个表情，我只是很能装而已，"她说着说着自己也笑起来，"嗯，其实我是一个演员。"

余周周望向迷蒙泛红的天空，叹了口气。

"听你刚才讲的事情，我突然也想起来我自己小时候的事情。

"那时候还没上学呢，应该是我过五岁生日的时候。妈妈答应我带我去水上游乐园玩，我特别开心，结果早饭没好好吃，挤在公交车上的时候，中暑了。

"妈妈觉得很对不起我，就对我说，晚上带我去吃肯德基。

"那个时候肯德基应该是刚刚进入咱们城市不久，好多孩子都觉得去吃肯德基是非常开心、非常值得炫耀的事情。但是我家里的条件很不好，我想你听说过的，我爸爸和妈妈的事情——不过，这个以后再和你讲好了，如果……如果以后有机会的话。

"所以我没想到我终于能去吃肯德基了，好开心。

"但是呢，早上妈妈让我带着一件小泳衣，我忘记了。所以没有办法，我就只好穿着小背心和小短裤直接下水了。这就导致，导致……"

余周周停顿了一下，自己都能感觉到耳朵在烧，她有些不放心地看了一眼林杨。男孩闭着眼睛，睫毛微微颤动，呼吸绵长，似乎睡得正熟。

她用无比艰难的语气继续说。

"导致我后来和妈妈去逛街的时候，虽然穿着连衣裙，但是，但是……没穿内裤。"

她似乎感觉到身边的男孩动了一下，吓得屏住呼吸，后来发觉可能是错觉。

然后长长松了一口气。

"当然，妈妈也很无奈，不过既然是小孩子，也就无所谓了，反正裙子也不短。但是我走在街上的时候，特别特别难堪，每走一步都非常担心，生怕别人发现。"

余周周停顿了一下，轻轻抓住了林杨放在自己膝头的右手。

"你知道吗？后来，这种感觉一直伴随着我。我现在才明白，其实我是很喜欢和你一起玩的。只不过，你的身边就像摆满了照妖镜，其实是我不敢靠近。我害怕被发现，我害怕你和其他人一样不敢再和我说话，所以干脆就主动离你远一点儿，告诉你我们不一样。

"我以前觉得很复杂，说不清。其实，一切就是这么简单。

"就是这么简单而已。"

她声音后来轻得自己也听不到了，只剩下浅浅的呼吸声。

"所以第一次去吃肯德基的时候，你没有穿内裤？"

余周周愣了毛一样狠狠推开林杨，从栏杆上跳了下来。

然后指着他，手指颤抖，半天说不出话来。

栏杆上坐着的男孩子，好整以暇，笑容灿烂，眼神清明，哪里有半点儿喝醉的样子。

"我可没有骗你哟，我没说自己睡着了，是你自己以为我喝醉了的。"

他扮了个鬼脸，轻轻松松地跳下来。

"怎么样，连环计，轻敌了吧？"

余周周咬牙切齿了半天，什么都说不出来，只好转身就走。

下一秒钟就被拉进了一个温暖的怀抱里。

这样热的夏天，汗水都贴在身上，实在不适合拥抱。

可是自己为什么没有挣扎呢？

她不明白。

也许是因为背后鼓点乱敲的心跳声。

"周周，不许撒谎，我问你问题，你要老实回答，好不好？"

男孩子的声音中有那么一丝不自信，颤巍巍的，隐藏在尾音中。

余周周心神恍惚。

"好。"

"你今天是不是生气了？"

"……是。"

"我不理你，你是不是……有点儿不开心？"

"……哦。"

"我邀请你来，你即使不喜欢，也还是硬着头皮来了？"

"……是。你到底想问什么？"

林杨突然间把她扳过来，认认真真地看进她的眼底。

"我告诉你，其实你这是……这是……有点儿喜欢我的表现。"

他好像终于说出了什么非常了不得的事情一样，双手不自觉用力，捏得余周周肩膀生疼。

没想到，余周周只是笑。

笑眼弯弯，他想起小时候连环画上看到的那只毛茸茸的小狐狸。

"就这个事情啊，你直接问我不就得了？废那么多话。"

林杨干张嘴，说不出话。

"你就这么，就这么……"

然后突然站定，非常严肃地再次问道。

"周周，你喜欢林杨吧？"

对面的女孩子背着手，同样一本正经。

"嗯。"

学着某个大雪纷飞的下午，小小男孩子认真笃定的样子。

一如当年。

整个世界一起沉默地流着汗。

他们突然一起目光闪躲，余周周连忙跳到一边，倚在栏杆上假装看风景。

"周周？"

"什么？"

"我还有最后一个问题，可以问吗？"

"……说吧。"

"你第一次去肯德基，都点了什么？"

余周周飞起一脚直接踢向他的屁股。

一阵凶狠的厮打之后，终于低下头，十二分腼腆害羞地回答他。

"真的不记得了……"

她闭上眼睛。

"我只记得，椅子，特别凉。"

林杨一愣，旋即笑得排山倒海。

余周周慢慢地走着，间或侧过脸，偷偷地看一眼身边高大的男孩子。

意气风发，明朗而坚定。

牵得如此用力的手，好像将她的血脉和另一个年轻的生命紧紧连接。

执子之手，与子偕老。

他们只做到了前半句。

林杨并没承诺什么。余周周也不再说，我们永远在一起。

皇帝会遇到政变，四皇妃会被打入冷宫。

但是没有关系，任千军万马在后面追赶，那年的四皇妃还是牵起了皇帝的手，毫不犹豫地大步跑了下去。

距离老去还有很多年，而很多年中，会有很多变故、很多快乐和很多悲伤。

后四个字，总有一天会完成。

他们不着急。

后记
关于玛丽苏的一切

· 我做了一次万能的妈妈，我给了余周周我错过和希翼的一切，包括一个充满希望的美好结局。不知道这是不是一种弥补。

· 然而这不是自传体，我不是她，我们都不是她。

· 但是我祝福所有阅读这本书的，同样拥有玛丽苏情结的妄想症患者。

· 我祝你们"万事胜意"。

其实这个故事，源于一位在中央戏剧学院读书的好朋友（也许算得上是温淼的原型之一吧）让我帮忙写的一个小剧本。

这个好朋友是我初中同学。他是个有梦想的人，为了考导演系坚持复读。那时候，我已经在大学里面混日子了。他来北京参加考试的时候，我们抽时间碰面。我很高兴地看到，他并没有如我担心的一样忐忑不安或者愤懑不满，那已经是他第二次复读了，可是聊天的时候提起未来，他仍然信心满满，没有一丝一毫的埋怨和犹疑。

相比到了大学之后开始和网络、小说、online games（网络在线游戏）死磕的很多浑浑噩噩的废柴大学生（比如在下……），他的眼睛要明亮得多。

扯远了。

他大学一年级的作业，五分钟的小短片，并不好拍。当时我在日本东京做交换生，我们在 MSN 上碰面，他问我能不能帮他写个小剧本。

无主题，随意发挥。

所谓毫无限制，其实是最大的限制。我坐在公寓的地板上捧着脑袋想了半天，大脑一片空白。抬头的时候，不小心瞟到室友挂在墙上的 Rain 的海报（她是个喜欢看韩剧和中国台湾偶像剧的美国人，想不到吧），想起她提起这些韩国美男一脸花痴的样子，不禁笑出来。

然后大脑放空，沉浸在自己幼年的花痴经历中不能自拔。

记得四五年级的时候，班级里男生女生青春期骚动，那些关于"张三喜欢李四，李四喜欢王五"的幼稚流言让所有人心神不宁，又传播得乐此不疲。那时候，我是个假正经的小班长，充满了自以为是的正义感和集体荣誉感——你知道，这类所谓被老师所器重的"小大人"，往往最幼稚天真。即使如此，还是被一群小女生围堵在墙角，那时候手里还抓着擦黑板的抹布，面对着"赶紧说，你到底喜欢谁"的严刑拷打，不知所措。

现在仍然能想起来那时候血液倒流、满面通红的窘样。

然后终于冒着被所有人唾弃的风险说了实话，用尽了所有勇气。

"夜礼服假面。"

日本动画《美少女战士》中的男主角，穿着黑色礼服、戴着白色假面的英俊男子。

哪怕现在闭上眼睛，仍然能看到当时一众小姐妹吞了苍蝇一样的表情——并不是夜礼服假面的错，只是没有人知道我真的会喜欢一个动画片中的假人吧，用死党的话说，一个二维的家伙，拎出来就是一张纸片，你是不是魔怔了？

也许是吧。

成长的过程有时候真的有点儿寂寞，我看的动画片、小说、电视剧中的英雄角色（或者是美人），以及生活中遇到的优秀得耀眼的前辈，都成了我扮演的对象。那些以一己之力无法洗刷的小冤屈，摆脱不了的悲伤和愤怒，还有小小的荣耀与夸奖，都在幻想世界被澄清、抚平、反复咀嚼。虽然现在回过头去看，那些都是芝麻大的小事，然而在当年，我的天空很小，目光很短，所以，芝麻很大。

"夜礼服假面事件"的经历让我一直抱着"只有我这副德行"的想法，贯穿童年、青春期甚至直到现在仍然时不时会跳出来的妄想症，也许只是我特有的、隐秘的"精神疾病"。

……我怎么又跑题了……

总之，从幻想中跳出来的我，回到书桌前打字，很快一个非常简单的小剧本就基本成型了。剧本简单得只有三幕。

第一幕，一个在自己的小屋里面披着被单、枕巾等"绫罗绸缎"忘我地进行角色扮演的小姑娘，她扮演的武林盟主最终被奸人所害（当然奸人也是她自己演的……），倒在血泊中，吐了一口血（白开水），然后倒在床上，手臂自然地垂下，搭在床沿上，还要仿照电视剧中的慢镜头，缓缓地弹两下……然后被老妈拎着耳朵拽去洗澡。

第二幕，长大的女孩穿着白衬衫，在格子间办公室忙忙碌碌，被同事冒领功劳，被老板骂得狗血喷头……

第三幕，疲惫的女孩半夜回到狭小的公寓，发呆许久，突然发疯似的和小时候一样开始角色扮演，大魔王的脸换成了老板和背后捅刀子的同事。一刀砍下去，老板倒下，女孩正义凛然地接受万民朝拜——突然幻想的画面全部烟消云散，她伏在桌面开始哭。

故事结束。

现在想想，挺白痴的剧本。中戏的同学却没有看明白（和许多接触到这个小说之后对第一章节一头雾水的读者一样）——他问我，那个小姑娘，她到底在做什么？

是啊，她到底在做什么？你没有这样做过，是不会懂得的。

就像当时的小姐妹没有人明白我为什么会喜欢夜礼服假面。

虽然他只是我众多"男人"中的一个……

那个剧本最终被搁置。

我却一直没有忘记。直到在天涯论坛上看到了一个帖子，楼主询问大家，小时候有没有扮演过白娘子？

那是第一次，我开始有种寻找同类的渴望。我发现我终于成长到了不再因小时候的糗事而感到脸红羞耻的年纪，已经可以回头笑着怀念了——所以决定，写下来吧。

故事的名字一开始叫作《玛丽苏病例报告》，出版的时候，为了不吓到很多不知道玛丽苏是什么，同时又对"病例"二字没有好感的读者，更名为《你好，旧时光》。

其实私心来讲，我更喜欢原来的名字。玛丽苏这个从 MarySue 翻译过来的名词，虽然在同人界臭名昭著，却绝好地概括了我童年的状态。

你总是以为你是主角，你不会被埋没，你最闪耀。沉冤是暂时的，昭雪是迟早的，绝境是用来铺垫的，而反击是必需的，甚至跳了悬崖，放心，死不了的，早就有长胡子的仙人捧着秘籍在悬崖底下等你很多年……

当然，对很多女孩子而言，还有一个重要的因素——那些帅哥、才子，他们都爱你。

你不漂亮，不出色，没才华，没家世——不要担心，你的世界里，爱情不需要理由。

也许玛丽苏妄想症就是这样一种病。有些人得过，被现实砸得醒过来，表面痊愈了，长大了，成熟了，理智了，却又不小心会偷偷复发。

就像我。走在路上总会胡思乱想，很多情景很脑残，我甚至不敢写到这篇后记里面。

不过有些时候，也会在校园里看到一些和我一样一边走路一边傻笑、自言自语的家伙。那一刻我突然觉得，我知道他们在想什么。

我从小就知道。

我很庆幸于这个头脑发热的决定。就像后来文下的一个 ID 叫"路人甲"的读者对我说："二熊，趁着还年轻，趁着还记得，多写一点儿吧——你很快就没有力气再想起了，所有的回忆和感受都会随着年纪和阅历被销蚀殆尽。"

赶在不可阻挡的时间和不可避免的成熟之前，我至少抢救下了一点儿还鲜活的记忆。

那些人、那些事，还有怀揣着那种心情的我自己，都跳跃在这本书里。

其实，这篇小说的缺点很明显。余周周过于传奇的身世经历，遇到了过于美好的林杨，经历了过于小说化的相逢与别离。如果它能够再现实一点儿的话——开学第一天的林杨不会记得幼儿园遇到的余周周，儿时的奔奔会慢慢消失在余周周的记忆中，不再想起，更不要提重逢了……

然而重新写一遍，我仍然会坚持这些"明知不可能"的桥段。就像余周周自己说的，生活本就不团圆，故事就不要再破碎了。就仿佛是记忆，当时再苦涩，只要这页翻过去，回想起来，总能咂摸出一点点甜味。这是我们的本能，让我们坚信美好多过丑恶，希望多过绝望，所以才有理由大踏步地走下去，一直不停留。

小说中编造的成分不少，但所有故事的编造都是建立在我所熟知的情感经历基础之上的。每每写到一个地方，我都要将自己当年相似的经历挖出来，细细回忆，那一刻的我自己，究竟在想什么。

记得当年吃过什么廉价的零食很容易，可是描摹出儿时那种容易满足的小心情很难——尤其是当我们在越来越不满足、越来越挑剔的现在。表面上看，我回忆了很多当年的故事，其实，我是在借用这些情景、这些人，来捕捉自己越来越微弱的情感记忆。

当年的我，究竟是在为什么而快乐，为什么而忧伤？

当年的我们，又怎样地对那些现在看来有些可笑的东西而斤斤计较、欢呼雀跃、寝食难安？

我认为，直面这些，远远要比记住当年虾条、话梅的牌子难得多。

我要谢谢《你好，旧时光》，在敲下每一个字的时候，我都能重新翻出一点儿发霉的旧时光，晾晒在阳光下，让它们重新变得干爽、温暖。

我想起自己拿着一点点零用钱站在小卖部抉择到底要买水蜜桃味道的还是草莓味道的话梅的时候，那种兴奋和痛苦交织的感觉。

我想起自己小学一年级跑 4×100 米接力的时候，因为太过紧张激动所以忘记接棒就冲了出去，害得班主任踩着高跟鞋抓着接力棒在后面一路追我。

我想起六年级得知全市 ×× 杯奥林匹克竞赛取消的时候，我和一个同样忐忑了好几个星期的女生在操场上拥抱着欢呼。

我想起初中二年级的时候，隔壁班帅气的男孩子在路上堵住我说"我喜欢你"，我板住脸对人家说"我们年纪还小，重要的是好好学习"——跑过转角却再也控制不住脸上快乐的表情，蹦蹦跳跳，然后绊倒在台阶上，狗啃屎，还扭了脚。

我想起高中三年级因为学业压力和暗恋（……）而心情抑郁，散步到行政区的顶楼，在雪白的墙壁上发现了许多人的涂鸦，可惜手中没有笔，所以只能用指甲在最隐蔽的角落刻下，"× 喜欢 ××，可是谁也不知道"。

后来，大学的暑假，回到学校，发现那片墙被粉刷一新，所有匿名的心里话都被时光压平，变成一片空白。

他们就这样不见了。

2010 年 7 月份，我正式毕业。如果我的故事也能压缩成一个剧本，恐怕我已经彻底告别了第一幕，步入可能被老板和同事打磨的第二幕，在喧闹的职场，为房子、车子和所有世俗的热热闹闹、冷冷冰冰的东西打拼。虽然告诉自己要坚持最初的梦想，然而结果究竟怎样，谁也不知道。

我不知道如果我有第三幕，在自己的小房间里面最后一次"玛丽苏"的时候，会不会哭。

我希望不会。

有一句我很喜欢的话。

"我以后一定做一个好妈妈，将我自己不曾得到的所有尊重与理解都给你。"

我做了一次万能的妈妈，我给了余周周我错过和希冀的一切，包括一个充满希望的美好结局。不知道这是不是一种弥补。

然而这不是自传体，我不是她，我们都不是她。

但是我祝福所有阅读这本书的，同样拥有玛丽苏情结的妄想症患者。

我祝你们"万事胜意"。

就是说，一切都比你所想的，还要好一点点。

一点点就够了。

八月长安

2010 年 11 月

2012 版后记
神社的玛丽安

· 我从来不知道一本书会这样改变我的人生，但又觉得一切是顺理成章的。

写下这个题目的时候，我想到的是 2008 年 12 月 31 日的深夜，我裹着一件白色的毛线外套，从早稻田的留学生公寓溜出去，沿着门前的小路一直走到街角的小小地藏庙。

日本的习俗是在新一年的 1 月 1 日合家去神社祭拜祈福，我一个人在异乡，也不打算排长队去凑热闹。儿时物质精神都很匮乏，那一点点期待都被积攒到节日的那一天释放，随着年纪越来越大，早已经对这一类庆典失去兴趣和新鲜感。

不过，我依然记得初、高中时还会在每个新年前夕的夜里，点亮台灯为新一年的自己写一封信。

"亲爱的新一年的我，展信安。"

信里总结上一年的经验教训，给未来的自己提提建议，说不定可以总结出来一二三四的阶段性计划……合上日记本的那一刻，心中满足得仿若新一年真的会不一样似的。

人是需要仪式感的。仪式感让人活得庄重。

说真的，初中一年级的时候，我的日记本中"未来计划"甚至还包括考上哈佛这种话——也只有过去这么多年，我才敢笑嘻嘻地将当年那个小小的自己的雄心壮志公布出来。

计划这种东西，只有既相信自己也相信命运善待的人，才有心力去制订。

所以渐渐被我放弃的"一二三四"，究竟是因为我不再相信自己，还是不相信命运会善待我?

异国他乡并不浓厚的新年气氛让我忽然有了兴致，虽然并不清楚应该去哪里。可能是觉得自己即使不再给 2009 年什么特别期许，至少也应该尊重这个马上就从身边溜走的 2008 年。

或许只是想要站到街上，看着自己经历过的几百个日夜在灯红酒绿的街上聚首，然后一齐从东京的车水马龙中倏忽不见。

就在这时候，忽然下起了雪。

我抬起头去看泛红的夜空。下雪最迷人的地方在于，当我努力仰起头向上看的时候，总是会不由自主地想要追寻它最开始出现的踪迹——然而我的眼睛追不到它从天而降的漫漫前路，所能捕捉到的，只是它靠近我那一瞬间的无中生有。

无中生有，在路灯下给我的眼睛变了一个戏法，一刹那落了满身。

我一直都记得那一秒钟。人生中有那么多一秒钟，像落了满身的雪，都被我们在前行中抖落，也许就幸存那么一片，化成了水滴，落在心上。

我记得自己抬起头寻找雪花踪迹的瞬间。甚至我听见心底有个声音说，你会记得这个瞬间，不为什么，总之你会记得。

可惜东京的雪总是下不大，再唯美的意境，一旦想到我那个美利坚室友说的"好像上帝在挠头皮"就会煞风景地笑出声。我就沿着小路走走停停，从一片橙色的路灯光圈走进另一片橙色的路灯光圈。流浪猫偶尔会跳上人家的院墙，跟我走一段，然后又悄然隐没于夜色中。

就这样走到了街角的小地藏庙。

这种小小的地藏庙在日本四处可见，木头搭建的神龛，里面供奉着一个缠绕着红布条的石雕地藏，当然，那块勉强能看出人形的石头很难让我相信他们真的雕刻过。

我从来没有去了解过日本本地的神话传说和这些地藏庙的供奉规矩，我一直是个很典型的中国人——对于神明宁可信其有，但是似乎又没有那么相信。

虔诚皆因有所求。

不过，留学期间，每每路过这里时，我还是常常会驻足停留，幻想一下，这个小地藏眼中的这片管辖守护之地在一千年中曾经发生过怎样的变迁，是不是几百年前也有一个赶路的少女停下来，坐在神龛边的树荫下歇歇脚？她当年歇脚的大树，不知怎么就拔地而起一片方方正正的高楼。

街角的地藏庙处在小路和主干道的交叉口上。我呆站了一会儿也不知道应该做什么，倒开始心虚自己一直鬼祟地站在这里，看起来会不会很像图谋不轨的浪荡少年。

背后突然响起很温柔的声音。我回过头，一个经过主干道的上班族打扮的女孩子主动问候了我，指着地藏庙，问我是不是外国人，是不是想要写"绘马"。她说着就走向神龛前面的一排架子，上面已经用红色丝带系满了许愿的木牌。

许愿。多少年没有做过的事情了。

我在她指点下买了这样一块十五厘米见方的小木牌，一面用来写字，另一面则画着和风海浪。

她笑着对我说新年快乐，然后消失在十字路口。

留下我一个人对着木牌发呆。

巴掌大的地方，要写什么？

我跑去看架子上其他人写好的卡片，发现日本人的愿望和我们国人的愿望也没什么太大不同——希望临产妻子母子平安，祈求明年大学联考能够升入东京大学，马上要毕业了请神明赐我好工作……

大多都是通过自己的努力可以实现的事情。写在卡片上，既是祈祷，也是自我勉励。

这样的许愿，只是想要告诉神明：我相信我自己，我只希望当我足够努力的时候，你能让命运善待我。

那么我自己呢？

什么事情是我自己真心希冀、可以足够努力、却不知道命运是否能够善待我的呢？

这二点里面，我最不确定的反而是前面两点。

我想要什么？我是不是真的渴望到了愿意为之付出所有的地步？

命运善待我的时候，我是不是会足够坦然？

2008 年 12 月 31 日，我二十一岁。

我出生在北方，在北京读书，跑到东京去做交换生。我在很好的学校读书，我未来可能成为一名金融或会计从业者，做个上班族，在没有上一辈原始积累的情况下，靠着自己闯入成年人的世界中，为未来的自己勉强挣得房子和大城市户口，有一块不大的立足之地，生儿育女，留下很多遗憾的同时，也欣慰自己没有错过任何一步"正常的人生路"。

这样，有朝一日，我即使没办法成为什么大富大贵的人物，也至少能让我父母在和别人攀谈的时候，骄傲于自己女儿在人生指标 check list（清单）上的主要选项上都打好了对钩。

"别人"用世俗的眼光早早就画好了人生考卷的复习范围，我们就在这个题库内努力地答题，总归要及格才算是对得起父母。

这样一想，那么我的眼前就摆着太多可以写的东西。父母康健、朋友平安、功课进步、找到好工作、嫁个高富帅、赚大钱发横财、周游世界……

表面上，我的欲望实在太普通真挚了，和所有人都一样，面面俱到寸土不让，膨胀拥挤到"绘马"完全装不下，恨不得标注"见背面"才好。

可是拿着笔的那一刻，我知道这些都不是我想要的。

我忽然想起了玛丽安。

玛丽安不是一个人，它甚至不是一个具体的指代，但是在我的心里，这三个字比一切都清晰。

玛丽安是一个咒语。

小学五年级的时候，我们学校有一个很不负责任的保健课老师，她懒得讲课，有时候就会糊弄我们这群学生，搬把椅子坐到讲台前，跟我们胡扯些她昨天看过的电视剧、电影剧情，哄得班里的同学们如痴如醉。

可我觉得她的故事讲得太逊了。

直到有一天她终于把她那裹脚布一样的电视剧讲完了，没话可说，忽然问有没有同学看过有趣的电影或者故事，到讲台前给大家讲一讲。

我鼓起勇气举了手。

可我没有讲任何我看过的电影、电视剧。我张口就胡编了一个通体雪白的会预告死亡的鸟儿与一个患了心梗的老知青的故事。

那个时候我十一岁，老知青这三个字还是我外公教给我的，而外公就是因为心梗去世的。我甚至不知道知青到底指的是哪一类人。

那个故事把大家听呆了。我在讲每一句的时候，都不知道下一句会是什么，然而这个行为本身，让我痴迷至今。

这个世界最迷人的是人本身。人身上永远有故事。

怎样的人都会有故事。

我是那个讲故事的人，我却不知道自己将会讲出一个怎样的故事。我在精彩别人之前，先精彩到了自己。

当台下的同学们齐刷刷地用着迷的眼神看着我的时候，我觉得我是这个世界的王。

然后这个世界的王走下讲台，回到现实中，重新成为一个不快乐的小孩。表面顺从而乖巧，内在早熟又乖张，抗拒自我的生存环境，却又没有能力逃离，甚至连逃跑的念头都不甚清晰。

讲故事这件事情发生的那天晚上，我和爸爸妈妈一同去某个饭局。饭桌上，大人们继续吹牛说闲话，说不过了就把各自的孩子再拉出来一较长短。饭店里的电视机一直在放《狮子王》的第三部，我看得入了迷。

彭彭和丁满一直在寻找他们乌托邦一样的乐园，他们叫它"哈库那玛塔塔"（斯瓦希里语，寓意是无忧无虑的乐土）。我看着一只野猪和一只猫鼬在电视上寻找他们的"哈库那玛塔塔"，圆桌边一群喝多了的大人在吹牛吵闹、道人长短、攀比财富，狭隘的眼界和价值观是我脚下的土地，长出一片遮蔽天空的树荫，所有人都坐在这片树荫下乘凉嬉戏，一点儿也不想看一看远方。

那一刻，我忽然觉得，自己也一定要有这样一个咒语。

在邻居叽叽喳喳念叨谁谁家的姑娘嫁到了局长家买了宝马车"可算有个好着落"的时候，在亲戚们说人生最大的成功就是赚得多嫁得好守着一方山头做山大王的时候……我一定要记得在心里不停地念这个咒语。它会是我的结界。

我知道这些有钱有房有车的标准未必不是幸福，那也是某些人的某种好人生。但是我害怕久而久之，耳濡目染，这些备受推崇的别人的"好人生"，会成为我潜意识的范本。我的翅膀还没长成，我飞不了；但真正令人恐惧的是，当我的翅膀长成，我却忘了自己要起飞。

所以我需要一个咒语，一个不需要很复杂，更不需要别人理解，但是只要不停地念着，就不会弄丢了自己的咒语。

我不记得自己为什么会选择"玛丽安"这三个字。我想这并不重要。即使很久之后，这三个字开始不再被我成长后的审美观所喜爱，它也始终刻在我的脑海里。

余周周心里有一个从未离开的小女侠。而玛丽安，则是我内心想要成为的人。一开始，它只是一个模糊的影子，后来开始有血有肉，随着我的成长，这三个字所代表的内涵愈加丰富。

玛丽安是一个讲故事的小姑娘。

玛丽安是远方，是自由，是无限的惊喜，是从来不会被框定的未来。

我其实非常羞于向别人描述这个我根本描述不清楚、却非常轻易就能让你们误读的"玛丽安"，回头看我上面刚刚写下的那几行字，我发现，我对玛丽安这个概念的叙述完全跑偏了。

但是没有办法，我尽力了。

它本来就不是为了让别人理解而准备的。它是为了让我自己能够理解我自己。

我人生中大大小小的快乐和悲伤、坚持与放弃、每一次抉择，我都会在心里默念这三个字。

它是我印在心上的标签。

所以请你让我成为玛丽安。

我想要成为玛丽安。

…………

我站在雪中面对着木牌，从讲台前和酒桌边，从十一岁的课堂上穿越回来，种种措辞和情绪在脑海中碰撞，笔尖毫不犹豫地写下了这句话："亲爱的神明：我会成为玛丽安。"

我会成为玛丽安。

我不求你帮我。我只希望，当我剥离了一层层包裹着的欲望，你能看到我真正的野心。你是一个小小的地藏菩萨，你一直坐在这里，看见过高楼拔地而起，看见过大厦倒塌倾颓，阅读过无数人的许愿卡，看他们头顶形形色色的渴望在街上来来往往，看他们相聚又分离、得到或失去。

你见证过太多，我希望你见证我。

2008 年的 12 月 31 日就这样过去了。

2009 年的 12 月，《你好，旧时光》首次出版。

2009 年 12 月到 2012 年，它经历了几次加印、再版，也让我经历了官司风波。

如果你看得够仔细，你会发现，2008 年 12 月 31 日，那个抬头去看雪花的瞬间，也在 2011 年被我从记忆里小心地拿出来，放在了《你好，旧时光》的番外篇《蓝水》里面。

2012 年，它再次以崭新的面目出现在你们面前。

我从来不知道一本书会这样改变我的人生，但又觉得一切是顺理成章的。我的小小玛丽安已经等了我许多年。这许多年中，我曾经被别人的光环晃瞎了眼，妄图去成为一个踩着十厘米高跟鞋背着笔记本电脑今天法兰克福明天纽约证交所的精英女性，却发现自己实在不是这块料；也曾经因为成人世界的丑恶面目与赤裸裸的不公平气闷得号啕大哭恨不得自己的亲爹是李刚……我做过许多荒唐的事情，走过的弯路纠结成一圈又一圈。

不管怎么走，玛丽安都在路的尽头等我。

过程比结果重要——世界上可以有无数人对这句话提出反对，运动员、高考生、谈判代表，以及和死神赛跑的主治医师——然而作为一个作者，我对这句话的热爱超乎你的想象。

做错事，走错路，爱错人……"错"对我来说都是不存在的。

对一个讲故事的人来说，生命的过程就是结果。

我曾是那样一个循规蹈矩的人，做一切事情都要留足后路，所以才去学自己并不喜欢的经管，因为好找工作，所以才没有在少年时期破釜沉舟去做自己喜欢的事情，因为"没保障"。

我就这样成了一个"对得很乏味"的人。

对玛丽安来说，这才是"错得太离谱"。

上一次再版的时候，我写过一篇后记，那篇后记可以说是送给所有患过幻想症的朋友的。

但是这一次，请允许我自私地将这篇散乱的后记送给我自己。

我知道作为一个小说作者，我并不算天赋异禀，而且也没有足够努力。但是我知道，我已经做到了第一步。

因为《你好，旧时光》，我有机会重新成了一个讲故事的人。我热情地去生活、去了解人、去听故事。我从来没有这样自由和爱自己，因为我正在做一件让我快乐的事情。

我重新站上了小学五年级的那个讲台。

当然，我的野心不仅这一点点。

可我相信世界这么大，我的野心再大，它也一定装得下。

八月长安

2012 年 7 月

·你是我人生中第一个侥幸，我真正的人生，因为你开始。

2009 年夏天我在电脑上敲下"余周周"这三个字，2009 年 12 月她以铅字形式浮现在纸面上，也印在了很多人心里。转眼这已经是六周年新版了，也是我为《你好，旧时光》写的第三次后记。

在这五六年间，我又出了几本书。《暗恋·橘生淮南》和《最好的我们》的动笔时间与《你好，旧时光》相差无几，却因为出版时间较晚，我有更多的精力与机会一遍遍修缮。平心而论，《你好，旧时光》作为我经由网络连载成书的处女作，文笔有不少值得商榷之处，还带有初学者的一些不良写作习气，随着自己的进步，回首时也不免为曾经稚嫩的文字感到不好意思。

这次再版，我重新读了一遍全文，修缮了一些小的语法错误。假如《你好，旧时光》是我现在的作品，恐怕组织情节、把握节奏、文笔风格……都会大不一样。但我还是忍住了，没有进行更大的改动，因为我知道，这样的一个故事，或许青涩，或许粗糙，却充满了彼时彼刻的天真与热情。那时在读大学四年级的我，对这个世界有太过充沛的表达欲。那些每个人都会随着阅历增长与生活磨砺而变淡的表达欲与生命力，都被完整地保护在了这本书里，每一处棱角都发着光。

我想留住它。

我对写作的态度，从业余爱好者随便写写，到今天的审慎与敬畏，也经过了很长时间。我会一直努力下去，用勤奋与真诚去回馈写作和人生本身给予我的快乐，但无论我未来还会有怎样的进步，写出怎样成熟与完善的作品，《你好，旧时光》都是最初的见证者。

2012 年的后记里，我曾经写过，我从未想过会有一本书这样改变了我的人生。

2015 年的末尾，我想告诉余周周：

我的人生还在朝着更好的方向改变。"得到的都是侥幸，失去的都是人生。"你是我人生中第一个侥幸，我真正的人生，因为你开始。

谢谢你，让我 fly free。

八月长安

2015 年 9 月

图书在版编目（CIP）数据

你好，旧时光：全三册 / 八月长安著 . -- 长沙：
湖南文艺出版社，2022.9（2024.9 重印）
ISBN 978-7-5726-0715-8

Ⅰ. ①你… Ⅱ. ①八… Ⅲ. ①长篇小说－中国－当代
Ⅳ. ① I247.5

中国版本图书馆 CIP 数据核字（2022）第 090569 号

上架建议：畅销·小说

NIHAO, JIU SHIGUANG: QUAN SAN CE
你好，旧时光：全三册

著　　　者：八月长安
出 版 人：陈新文
责任编辑：匡杨乐
监　　制：邢越超
策划编辑：凌草夏　韩　帅
特约编辑：尹　晶
营销支持：文刀刀　周　茜
封面设计：沉　清 Evechan
版式设计：沉　清 Evechan
插画绘制：沉　清 Evechan　凌鸭梨
内文排版：百朗文化
出　　版：湖南文艺出版社
　　　　　（长沙市雨花区东二环一段 508 号　邮编：410014）
网　　址：www.hnwy.net
印　　刷：北京天宇万达印刷有限公司
经　　销：新华书店
开　　本：875mm×1230mm　1/32
字　　数：856 千字
印　　张：28
版　　次：2022 年 9 月第 1 版
印　　次：2024 年 9 月第 2 次印刷
书　　号：ISBN 978-7-5726-0715-8
定　　价：138.00 元（全三册）

若有质量问题，请致电质量监督电话：010-59096394
团购电话：010-59320018